La rosa en el viento

Primera edición, Barcelona, Pomaire, 1979
Primera edición en Fiordo, 2020

correo@fiordoeditorial.com.ar
IG @fiordo_editorial
www.fiordoeditorial.com.es

Dirección editorial: Julia Ariza y Salvador Cristofaro
Diseño de cubierta: Pablo Font

ISBN 978-84-128889-8-0
Depósito legal M-5494-2025

Impreso en España. / *Printed in Spain.*

La rosa en el viento

de

Sara Gallardo

Fiordo

A H. A. Murena

In memoriam

I. Andrei

Dos vagones de ferrocarril se enganchaban en la estación de Mar del Plata una tarde de sol. El único viajero cumplía veinticinco años. Tenía bigotes a la moda, tan oscuros y tan lustrosos como el barniz que recubría el vagón, recién inaugurado.

Voces de niño, en italiano, subieron al vagón. El viajero cerró los ojos deseando que no fueran parte del viaje. Lo eran. El tren salió.

Tenía en la mano un cuaderno donde escribía su diario, un diario de viaje del que proyectaba extraer su primera novela. Y de ella la gloria.

De la gloria oía hablar desde temprano, y de la justicia, y del honor. Padres juveniles en una buhardilla de París, discusiones entre pinturas, iconos, una abuela amiga de Herzen y de Bakunin: pensaba en ellos con amor y con algo de compasión también, ya que ignoraban de dónde les vendría la gloria: de él.

Entre tanto daba la vuelta al mundo pobremente, enviando notas a un diario de París. Y estaba desconcertado, irritado sin saber por qué.

El idioma italiano fluía como agua, tibia en unas zonas y helada en otras. Las conversaciones de los niños le traían colinas, cipreses.

Los vio, también. Rubios, la misma nota en varios instrumentos. Y como la belleza nos reconcilia de algún modo con algo, estos cráneos delicados, blancos trajes de marinero, daban la impresión de un privilegio al hecho de haberlos podido contemplar.

Escribió en su diario, mitad en ruso mitad en francés: «No sé qué hago en este país». Unas cartas cayeron. Vio su nombre escrito con la letra de su madre, como si ella saltara del cuaderno transmitiendo una alarma. Limpió la tierra, las guardó en el bolsillo.

Una hora después se daba vuelta en el asiento. Es posible que su madre hubiera dado cualquier cosa porque no lo hubiera hecho. Vio los tres niños vestidos de marinero y una criatura que apenas caminaba, todos alrededor de su madre. Ella hablaba. Una voz rica, de ingredientes graves. Una entidad humana comparable a la autocrática entidad del tigre de Bengala recostado en su propia belleza, con una mirada de orgullosa naturalidad, cruel quizá. Vestido blanco, sombrero con el velo alzado, punta de zapato blanco, repartía agua entre los niños.

En las horas que siguieron hizo cosas que había considerado imposibles, como dar conversación a niños desconocidos para lograr informaciones, obligándose al hacerlo a rescatar recuerdos del idioma de años atrás, meses de éxtasis por pueblos y museos.

Sentados frente a él atendieron a sus relatos. Tres fisonomías parecidas, distintas. Bernardo concentrado, Tommaso boca entreabierta, Ludovico sonriente. Él, como dentro del efecto de una droga, percibía la triple, intensa exquisitez resaltando en la impersonalidad del vagón.

¿Ruso?, descubrieron su escritura en el cuaderno. Tres miradas sobre él, un silencio, un misterioso ascenso en sus estimas.

Pudo enterarse: el padre era ingeniero de los ferrocarriles. Desdeñador de ardides, inventó uno.

Con calma —temiendo que los golpes de su corazón se oyeran en todo el tren—, dejó el asiento, caminó hacia ella. Cuando la mirada dejó la vaguedad exterior a la ventanilla para volverse temió que sus piernas echaran a huir llevándoselo. Pero una benevolencia que tomó el lugar del fastidio inicial como una segunda ola corrige el diseño de la primera le dio ánimo para presentarse —un francés tentativo, aceptado—, y con el instinto del animal que muda color para no revelar su real apariencia disimuló la admiración y el arrebato bajo la más vacilante de las cortesías. Era corresponsal de un diario de París; necesitaba información sobre los ferrocarriles; por los niños se había enterado... tal vez su marido...

—Mi marido —dijo la voz que deseaba volver a oír— me ha dejado hace una semana.

Los ojos volvieron reposadamente a la ventana —verdes, transparentes—, un matiz despectivo alteró la curva de los labios. Los brazos en los guantes blancos sostenían a la hija con la condescendencia de los grandes felinos hacia sus cachorros.

Él la contempló; una vergüenza lo fue encegueciendo, hasta que el odio de verse despreciado con esa confidencia barrió todo sentimiento. Si hubiera tenido un puñal la habría asesinado, allí.

—No obstante —volvió hacia él los ojos, se hizo perdonar—, tal vez pudiera indicarle alguna otra persona que le fuera útil. —La perdonó (oh, cómo) mientras la excesivamente cortés actitud seguía ocultándolo como una nube.

En el atardecer el tren se descompuso. Ayudó a los niños, a ella con la hija en brazos, y una montaña de equipaje fue acarreada por empleados del tren hacia el hotel del pueblo.

Estaba cansado de interrogarse, solo en su asiento, con una tarjeta en la mano, estudiando el curioso nombre italiano y húngaro, pensando en esa frase. Toda frase es una fachada. ¿Qué había tras ella? Ningún hombre dejaría a esta mujer por otra. Adulterio, decidió. La imperial, dejando caer una frase, y el marido… Cómo sufrió, entre constelaciones de polvo que ascendían y descendían.

Ahora veía a los niños felicitarse por la partida definitiva de los sirvientes.

Amanecía cuando el tren estuvo arreglado. No había dormido. La invitó a tomar un café al verla pasar con un termo en la mano, oliendo a agua de colonia. Sentada frente a él bebió en silencio. Él preguntó cuándo volvería a Italia. (Había decidido seguirla).

—No pienso volver —dijo ella.

Como un llanto sonó al fondo del patio se levantó sin premura, un roce del vestido blanco, y se fue.

Estrellas en el cielo gigante, la masa del equipaje, una linterna, la niña dormida en brazos de la madre, Ludovico dormido en los de él, frío, tropezar, tal fue la vuelta al tren. Y la misma conclusión: tenía un amante. Si no ¿por qué se queda? Las mismas llamas lo martirizaron. Lo veré en la estación, al llegar.

La estación estaba vacía. Era verano y madrugada. Un mozo aplacaba la tierra de los andenes con una regadera. Las gotas formaban curvas en forma de escamas, y el andén iba pareciendo un dragón plano, decapitado.

Buenos Aires.

A mediodía despertó con sobresalto en la pieza de pensión. Recordó la casa con balcones en cuyo vestíbulo había amontonado el equipaje ayudado por el cochero. Buscando la llave en el bolso ella había levantado los ojos, le alargó la mano —él se inclinó en el mejor estilo petersburgués—, agradeció y entró, los niños alborozados detrás. Quedó mirando la puerta y los balcones.

La puerta y los balcones. Montó guardia hasta que las sombras de cada hora sobre la fachada se le hicieron familiares. La primera mañana vio salir a los niños mayores y volver trayendo comestibles. La imaginó sola, sin sirvientes, en la casa callada.

En esos días la muerte y la Patagonia se le aparecieron juntas.

Ante todo había intentado ubicar el domicilio de Olga Katkova, amiga de su abuela, a donde iban sus cartas y un giro de la revista. La búsqueda lo llevó a un patio en el que veintinueve familias españolas cocinaban, cantaban, lavaban ropa, litigaban y tosían, y de vez en cuando le hacían señal de tener paciencia.

La tuvo. Desde un segundo patio vio irrumpir un tumulto de gentes rubias, un ataúd, el rabino delante. Un español lanzó una pulla; su mujer lo hizo callar. Una niña que iba junto al ataúd y llevaba la nariz como un caramelo de fresa levantó la cara mojada y puso los ojos en los del español.

Después había llegado Olga Katkova y era como si todos los relojes se parasen.

Más despacio no caminaría con los pies atados.

Una viejita que apenas si llegaba al bolsillo de la chaqueta de él, portando un paquete menor que la mano; un ojo se le salía de la órbita, el otro era sagaz. Él se presentó y ella le pidió que se agachara pues no podía levantar la cabeza para mirarlo. Su sombrero olía a moho.

—¡Ya tiene novio, abuela! —le gritó el español, mientras la eternidad planeaba en la demora de la mano rumbo a la llave, a la puerta, etcétera. Por encima de aquella cabeza Andrei pudo ver la habitación de paredes oscuras de humedad, la jaula del canario, las dunas de papel amarillo atado en paquetes. En el tiempo que tardó en dejar el paquetito, levantar los brazos y quitarse el sombrero, él pudo leer todas sus cartas, su artículo sobre China, los comentarios de su familia sobre el artículo —particularmente la abuela, en innumerables hojas azules que se volaron por el cuarto— y el agradecimiento de su madre por un abanico que le anunciaba como regalo, el más bello que había encontrado en Pekín.

Pero ni su familia ni su artículo le parecían de alguna realidad. Veía una cara, una majestad, un sombrero blanco, unos labios.

Habló a Olga Katkova de esta cuestión.

Sentada sobre la cama los pies no le llegaban al suelo. Escuchó a Andrei, instalado en la única silla.

—Ella no es conquistable.

—Pues voy a hacerme rico para ella. ¿Conoce maneras de enriquecerse en estas tierras?

Entonces oyó por primera vez la palabra Patagonia: un amigo ruso se había internado en ella; había vuelto rico; se había tirado al Río de la Plata con una piedra atada a la cintura.

Pero ninguna mujer, dijo Olga Katkova, deja de notar a un joven más atlético, más hermoso que los demás, sobre todo si lleva unos bigotes tan a la moda que mirado desde atrás se le ven asomar. Ni siquiera una diosa. Ni siquiera una viejecilla.

—¿No entraste a comprar chocolate en el almacén de la esquina y te lo comiste parado junto al buzón? Ya ves, yo estaba allí. No pasas desapercibido.

Y le dio tres consejos:

—No busques riqueza. Escribe tus libros. Conquístala (pero no es conquistable).

—¿Qué puede decirme respecto a la Patagonia, Olga Katkova?

—Lo que te puedo decir ya te lo dije. Y puedo darte un nombre para que averigües: Tieck.

Andrei lo anotó.

Al despedirse echó una mirada por el cuarto. Conocía la historia de Olga, amor y huida, Alexis, revolucionario. Ella lo estaba observando.

—Hubo un tiempo en que las flores estaban abiertas —dijo—. Es lo único que importa. Que se abran las flores.

Citaba un poema. Andrei lo conocía. Se despidió besándole la mano. Olga Katkova se ruborizó como una muchacha.

En el palacio Tieck se hizo anunciar como periodista interesado en enviar una nota a París sobre la Patagonia. Vio Rubens y Tintorettos, caminó sobre alfombras de Persia, brillaron picaportes de cristal en su avance hasta una biblioteca en que dominaba el retrato de un viejo.

Era el abuelo del joven médico que se sentó frente a él.

Pálido, sereno, el joven se inclinó para escribir unas cartas de presentación, y por encima de su calvicie Andrei se imaginó abriendo las puertas de un palacio como ese ante la dama del tren.

—Me interesan los buscadores de oro —dijo—. Hay oro ¿verdad?

—Hay oro. Pero más oro son las ovejas —sonrió el joven.

Le dio las cartas. Una para su mayordomo Christopher Morris, otra para un sacerdote salesiano. Bajaron juntos, pues el médico quería hacerle conocer el hospital. Unos hombres cubrían las escalinatas de tiestos con azaleas en flor.

—Damos un baile esta noche —dijo el joven—. Mis padres tendrán mucho gusto si viene.

Guardando la invitación en el bolsillo agradeció: no estaba seguro de no tener un compromiso.

En el artículo sobre Buenos Aires que mandó a su revista había buenas descripciones de un inquilinato, de un palacio y de un hospital más que moderno. Describió también al joven médico inclinado sobre la mendiga que le aferraba el guardapolvo:

—Esta noche me muero, doctorcito, quédese a ayudarme.

No contó, puesto que no lo supo, que el médico había faltado al baile porque pasó la noche ayudando a morir a la mendiga.

Y no lo supo porque él tampoco fue.

Faltó al baile de Tieck, y se perdió un buen relato para su revista, porque se atrevió a tocar el timbre de la casa de los balcones. Ella abrió en persona. Él sintió dos cosas: que no podía moverse, que palidecía.

La fatiga echaba un trazo de sombra bajo los ojos de la dama del tren, que se había peinado con descuido. Avanzaron sorteando el equipaje diseminado por el vestíbulo; pendían ropas infantiles de un baúl, junto al sofá brillaban las zanahorias de un cesto, vivas en la luz de la araña.

Sentada, de pie, en color, a lápiz, de perfil, de frente, los retratos de ella le hablaban de otra vida, que lo lastimaba. Indicó un sillón y se sentó, un poco al sesgo, mirándolo. Él bajó los ojos, se pasó la mano por el bigote. Los levantó. Le dijo que toda su vida estaba a su disposición.

Un fluido de orgullo pareció desalojar el matiz que el cansancio había puesto en su hermosura. Lo paladeó un momento.

—Andrei Nicolaievich —dijo, y lo hundió en una embriaguez casi acongojada por triple golpe, ya que recordaba su nombre, lo decía con su voz, el estilo ruso de nombrar sugería cosmopolitismo—, vuélvase a París.

—Ya sé. Sé que tiene otro amor.

Esta vez la sorprendió: paso de la diversión sobre el mar de la majestad.

—Le doy tiempo —dijo Andrei—. Fíjese, le doy tiempo para dejarlo. Le doy tiempo, ya ve, pero no mucho.

Ella respiró, usó los tonos más graves y afectuosos de su voz:

—Andrei Nicolaievich, buenas noches.

Lo llevó a la puerta, aceptó su besamanos.

—Recuerde lo que le digo —murmuró Andrei—. Además, no sé su nombre. Aquella tarjeta... ¿Cómo la llaman?

—Eleonora.

Un territorio de 790.000 kilómetros cuadrados donde el viento es la presencia eterna. Italia y Francia unidas, marrones, desiertas. Y viento, huracán.

A ojo de estrellas, mesetas escalonadas desde el océano hasta los Andes, peldaños que pueden contar dos mil metros. A ojo de hombre, arena voladora, treinta grados bajo cero.

El mayor índice de suicidios, el mayor índice de locura del mundo.

Árboles en cualquier parte copudos aquí son arbustos. Raíces en meandros buscan, retorcidas. Si esto pasa a los árboles qué pasará a las almas.

Broches de zafiro y diamante en una momia, hay manchones de geografía que centellean en aquel territorio: lagos, araucarias, nieves. Ni un pájaro canta en ellos.

Al pie del planeta está el estrecho de Magallanes. Una grafía cruel, de rúbricas marcadas por el espanto. Si es la firma del autor, el vendaval la acompaña con un sarcasmo eterno.

También hay seres felices, que se zambullen en el tumulto de espuma protegidos por masas de sebo. Ballenas, lobos marinos. Removiendo con lentitud de pesadilla tentáculos de cuerno, las centollas dejan la profundidad glacial amontonadas en las redes. En los precipicios el hielo es negro a causa de milenios de polvo congelado. Ríos arrastran hebras de oro.

Troncos gigantes caídos, Olimpo de catástrofe, un bosque se ha hecho piedra y la vitalidad del pleistoceno, larvas o insectos, es piedra también sobre ellos. El arrayán que en otras latitudes es un seto aquí es un bosque, y rojo. Almejas grandes como caras de niño, arrugadas como papeles en el cesto, hablan de que hubo mar, y es el desierto. Cada río es como diez.

Patagonia.

En un cuarto de hotel Andrei Nicolaievich Zuboff duerme. No se ha desvestido. El ruido del aire continúa la agitación del mar, hasta aventar su ilusión, hasta dejarle, como borra y eso apenas, la esperanza.

Dormido, postigos zarandeados, botas puestas, lo sostiene el recuerdo de un beso.

Al despertar bajó a un local lleno de voces y de humo, con salamandras encendidas en los rincones. Allí comió durante varias noches, y cada vez pudo ver el mismo cuadro.

A las siete entraba un hombre de ojos casi blancos en una cara rayada. Echaba los guantes y el gorro de orejeras en la silla, se sentaba sobre ellos, desprendía su chaqueta. Una botella de whisky y un vaso eran puestos sobre la mesa por el hostelero. En las horas que seguían se iba tomando el whisky. La cara fruncida se volvía purpúrea, los ojos miraban a la pared. Empezaba a hablar, no en español. Después gritaba. Un solo grito, de miedo o de horror, que sonaba «¡Deinda!» en los oídos de Andrei. Las conversaciones mermaban un instante pero nadie se atrevía a mirarlo. Una vez la botella cayó de la mesa y se hizo trizas.

En su cuarto de postigos que golpeteaban pasó esos días resumiendo ideas. Allí escribió su primera carta a Eleonora, tal vez la más bella. Escribió a Olga Katkova.

Cuando salió a la calle el viento obligaba a la gente a apretarse los gorros. Algunas mujeres o toscas o marchitas caminaban cerca de los muros. Marchó a buscar al sacerdote salesiano en un colegio de ventanas con rejas. Esperándolo, se acercó a leer una placa. Vio, de bronce, la misma efigie que viera pintada en la biblioteca del palacio: «Gustavo Tieck, eterna gratitud por sus beneficios».

El sacerdote era italiano y oírlo fue para Andrei lo más parecido a un oasis que le ocurriera en las últimas semanas. Hablaron de París, de la revista, en una salita adornada con retratos de sacerdotes y efigies de santos. Hablaron del fundador, que había soñado con un territorio de habitantes envueltos en pieles que hablaban una lengua desconocida. Patagonia. Patagones. Visitaron talleres en que jóvenes indígenas trabajaban enseñados por sacerdotes.

Un muchacho con algo de buey fue llamado por el director:

—Este señor viene del otro lado del mar, escribe en los diarios de Europa, quiere contar cosas de la Patagonia. Lo llevarás a ver los sembrados, las curtiembres, la carpintería. Está en el «Estrella». Vayan el martes.

El muchacho inclinó la cabeza. No pareció notar a Andrei.

Antes de salir Andrei quiso saber dónde quedaba la oficina del señor Morris. El sacerdote se la indicó en el viento que le arremolinaba la sotana.

—Otra pregunta. ¿Qué hizo ese hombre Tieck para el colegio?

—Pagó el edificio y los equipos.

A pesar del frío quiso llegarse al mar, más azul que todo mar visto u oído mentar, que se revolvía y estallaba en penachos destripados por el viento rociando un pequeño monumento casi deforme. Vio una figura alegórica chorreante de agua, una placa con un perfil: «A Gustavo Tieck, la ciudad». Con voces de brujas, unas aves marinas se perseguían sobre su cabeza.

Puso una postdata en su carta a Eleonora. «Agrego una lista que hice anoche. ¿Puede hacer algo para aclararla?». Eran cuatro líneas en caracteres rusos; parecían un poema. Debajo venía la traducción:

Eleonora

1) Todavía no sé por qué se fue el marido.

2) Todavía no sé qué papel tiene el hombre que me retó a duelo.

3) Todavía no sé qué siente ella por mí.

¿Soy un cretino?

Desde el local de abajo le llegó el grito del hombre de ojos blancos: «¡Deinda!»; la distancia, modificando los sonidos le hizo oír: «The indians!».

¿Contestó Eleonora a sus cartas? Porque en efecto un señor vestido de blanco, y arrebatado, lo retó a duelo. Olga Katkova consideraba que la culpa era de Andrei, pues ¿con qué derecho le había saltado al cruce viéndolo salir de la casa de los balcones un mediodía, para preguntarle en ruso: «qué le ha dicho ella», y repetirlo en seguida en francés?

El señor, que venía turbado, contestó: «que no, que no», y encrespose para preguntar quién era él. Pero Andrei ya no lo atendía, porque estaba sacando un paquete del bolsillo y se alejó a tirarlo sin más en el agua espesa de una alcantarilla donde se hundió sin un remolino. Era el abanico más hermoso encontrado por él en Pekín, con varillas labradas de nácar, carey y marfil, y una ceremonia de corte pintada sobre papel de oro.

Los padrinos llegaron a verlo a la pensión. Andrei los recibió con cortesía y quiso saber quién era el señor que los enviaba. Le dijeron que el dueño de campos grandes como Inglaterra. No les dijo que no sabía tirar. Tenía un asunto más importante y era los celos. Había luchado con ellos durante horas a causa de las pinturas que colgaban en el salón de Eleonora, los retratos hechos por desconocidos en circunstancias desconocidas. ¿A quién sonreía, muchacha de sombrero oscuro, en los dibujos a pluma que había encima de un escritorio? ¿Dónde estaba, con quién bailó vestida de raso blanco y plumas en el peinado? Y ahora he aquí a este hombre de saltones ojos color té con leche, todo de brin. «Me dijo que no, que no». ¡Pues claro! Y tenía que matarlo.

Sentado a meditar, con las bigoteras apropiadamente anudadas en la nuca, se dijo que la muerte lo había prevenido ya dos veces en un solo día: en el patio de Olga Katkova y en el hospital.

Creyó verla llegar en persona en la alta anciana que se le anunció después.

De armoniosas y muchas arrugas, y triste. Se refirió a una indiscreción, una indiscreción providencial. Su hijo estaba trastornado, dijo, era un buen católico. Venía a suplicarle que desistiera del duelo. Un duelo es la muerte del alma. La excomunión. Temblando, se tapó la cara con las manos.

—¿Desistir, señora? —sonrió Andrei—. No sé manejar un revólver.

—Entonces —dijo la señora poniéndose las manos sobre el corazón— hubiera sido un asesinato. Mi hijo un asesino.

—Y yo un asesinado.

La ironía la hizo recapacitar. Miró con ojos nuevos al joven que tenía delante. Le preguntó dónde estaba su madre. Prometió hablar con el cardenal en persona: él lo haría entrar en razón.

Andrei la acompañó peldaños abajo preparando un agregado para su artículo sobre Buenos Aires. Ella bajó con precaución. La brisa movió su ligero vestido negro.

Otra cosa era el color negro sobre Eleonora, también en una tela tenue.

Era de noche, Andrei había ido a despedirse, las luces estaban encendidas, los niños en piyama se movían entre los baúles. «Mamá está en un baile, en la embajada».

Cuando un sonar de cascos de caballo y un rayo de luz entraron por el vidrio de la puerta escaparon, y Andrei retrocedió dispuesto a refugiarse en el comedor si entraba acompañada. Oyó murmullos de despedida.

Entró sola.

Manifestación de la hermosura bajo otra faz, con el vestido negro de centelleos de azabache que se perdían hacia el pie, entró como la fiera que lentamente aparece entre los pastizales y nota una anomalía, las luces encendidas, él, humillado como un colegial, el rumor de pasos descalzos en el piso superior. Y una sorpresa: se puso a reír. Los dientes redondos echaron un cambio en su fisonomía. Él sonrió, arrobado ante su risa.

La vio —por un instante le pareció un ademán dramático— llevarse las dos manos a la garganta. Era para desabrochar la salida de baile. Nueva manifestación de la hermosura, diosa de muchas advocaciones, la sacó de los hombros con calma. En el cuello vio un hilo de perlas. Olvidado de sus éxitos y de las apreciaciones de Olga Katkova sobre sus atractivos permaneció turbado mientras ella se sentaba con pausa en un sillón.

Le contó lo del duelo. Vio asombro, luego desdén, luego cólera.

Con ademán que otra vez le pareció fugazmente dramático juntó las manos. Era para quitarse, dedo por dedo, los guantes. La luz de la araña, entre guirnaldas de vidrio de Venecia, daba una calidez a la cabellera levantada en moño, y los retratos de las paredes parecían esfumarse ante su vitalidad.

Andrei hizo un esfuerzo y la miró. Quedó sin aliento. Ella lloraba. Las lágrimas impregnaban la gasa del vestido de puntos brillantes. No vio debilidad en ese llanto sino furia, cansancio orgulloso, desdén.

Estuvo a punto de arrodillarse ante ella pero en su impulso la obligó a levantarse, la tomó de la cintura, la besó en los labios. Ella le respondió.

Ese éxtasis lo sostuvo en el viaje.

En la oficina de Morris un español mal afeitado copiaba listas en un libro de contabilidad. El viento se colaba y hacía volar los ángulos de un montón de diarios apretados bajo un hueso de ballena.

Se sentó a esperar, hasta que Morris entró envuelto en viento, en portazos. Era el hombre de los ojos blancos, el que gritaba «The indians!» en un alarido.

Hablaron bajo fotos terrosas de grupos de hombres con ponchos, barracas, rebaños.

—Quiero partir con usted, ver los establecimientos, ir a los lavaderos de oro.

—Lo nuestro se trata de ovejas, de ovejas, solamente ovejas, ya las ve en las fotos. Cualquier cosa que necesite pase por aquí. Yo salgo dentro de una semana.

«Le prometo, mi querida Olga Katkova, que ha terminado mi personalidad de periodista: volveré con el cinturón lleno de pepitas de oro. Nuestras vidas cambiarán. Recuérdelo. Y en cuanto a la Patagonia, parece estar llena de fantasmas».

Amanecía cuando al mirar por la ventana vio al muchacho patagón refugiado del viento con dos caballos del cabestro. Se puso guantes, el gorro de lana y el poncho que acababa de comprarse. Galoparon durante horas sin hablar. Cuando se perdieron supo que no se habían perdido. Cuando se encontró en la noche agachado junto a un fuego seguía sabiéndolo. Lamentó no haber llevado un revólver recién comprado también y con el que pensaba hacer ejercicios de tiro apenas se estableciera. Comieron una provisión que no lo sorprendió. Durmieron en el hueco de unas peñas, y el viento volteaba el fuego con chasquidos de trapo. Salieron al amanecer. ¿Adónde vamos? no quería preguntar. Ni a los talleres ni a los sembrados salesianos, desde luego.

La segunda mañana se encontró solo entre colinas de reborde terroso. El muchacho había desaparecido. Las nubes corrían en cardúmenes apresurados por un cielo que parecía tener ruido. Cansado de esperar subió a una loma a buscar su camino. Vio un campo entero de esqueletos, amontonados o esparcidos, jirones de poncho prendidos en las matas, una lienza negra saludando en el viento, calaveras de niño, bocas abiertas con hierbajos. Se apeó. Ató el caballo a un arbusto. Contó sesenta cráneos, vio el diminuto collar de vértebras enredado en lo que ya no era vientre materno, se inclinó a recoger unas balas.

Al bajar la colina vio a lo lejos al joven haciendo como que cinchaba el caballo. No hablaron en los días de la vuelta. Comieron callados, galoparon callados. Cuando desmontó ante el hotel alargó la mano con las balas en la palma abierta.

—¿Quién? —preguntó.

—Christopher Morris y sus peones —dijo el joven—. Para Tieck.

La rosa que en el viento se destruye deja volar sus pétalos en una luz quemada. Pocos pétalos podemos recoger de esta historia. Unos volaron, otros se perdieron, otros se alteran en el rincón de una memoria.

Que Andrei volvió a Buenos Aires cuando el correo le devolvió la octava y la novena de sus cartas a Eleonora es verdad.

También que traía pepitas de oro en un bolsillo del chaleco. Que en la casa de los balcones encontró otros habitantes, que en el inquilinato supo que Olga Katkova había muerto, posiblemente de hambre, pues «comía un puñadito de torta por día a medias con el canario» es cierto también. Que en la embajada italiana no pudieron darle ni un dato, es más que posible. Que en la Patagonia había empezado a beber; que compartía una cabaña con un gigante sueco, su socio en la cría de ovejas, era cierto. Que tuvo que volverse sin lograr una noticia es también verdad.

En otro viaje a Buenos Aires descubrió a los niños italianos, de noche, en las inmediaciones del Palais de Glace. Las parejas entraban a bailar y Bernardo abría las portezuelas de los coches, recibía las monedas, lanzaba la mitad a Tommaso agazapado detrás de un arbusto y volvía a los coches.

Así pudo ubicar las dos piezas entre calles de lodo en que Eleonora vivía con sus hijos, un revólver debajo de la almohada. Había baúles, algunos de sus retratos, dos o tres objetos cincelados, un astrolabio, un ajedrez.

Vivió ese año la felicidad en forma absoluta, en forma loca. Puesto a hacer cuentas podía haberlo marcado como el mejor tiempo de su vida. Pero quién sabe si alguna vez hizo cuentas. Volvió al sur, a los días enteros en la cabaña con el sueco, sin hablar, en medio de ovejas y de nieve.

Veinticinco años después supo otras cosas. Las supo por los hijos de Eleonora. Sentado con ellos en un bar cercano a un hospital jugaba al ajedrez con Bernardo, Tommaso, Ludovico, hermosos como en el tren. Bernardo impenetrable, jefe en el sindicato de obreros gráficos. Tommaso linotipista; alto, humilde, principesco. Ludovico mujeriego, bellísimo. Graziella impasible.

Andrei conservaba el bigote, pero blanco. Las manos le temblaban. La sonrisa que, en opinión de su madre, abuela y otras, era irresistible a causa de dos pequeños tajos a la altura de los pómulos, existía. Pero no sonreía.

Entre las cosas que supo estaba el recuerdo de un almuerzo en que el padre dejó la mesa, descolgó el sombrero y partió para siempre. Era un ateo elegante y murió años después en Mónaco cuidado por unas monjas. A ellas dejó su herencia. Una parte correspondía a la familia; su mujer fue a buscarla y se la gastó en vestidos, en carreras de galgos y en hoteles. ¿Cuándo? preguntó Andrei. Hace diez años.

La vio, al final de la sala, última cama. No le dijo que cuando ella dejó de escribirle se bebió una botella entera de coñac y se compró una india de doce años, muda, que compartía con el sueco.

Se inclinó solamente, y sonrió.

Ella lo recordó. Tendió la mano de tigresa moribunda. Un hombre joven, cabo de policía, lloraba junto a la cama.

Lo que falta se ha perdido en el remolino de los pétalos.

Queda una imagen: Andrei y Tommaso en tranvía hacia el puerto, hacia el barco que lleva al sur. Tommaso habla de un baúl que desbordó de cartas de amor, de poemas, de retratos, de tarjetas.

—Era la mujer más hermosa de Florencia —dijo.

—Sí —dijo Andrei—. Lo creo.

II. Oo

Esperé pensando: «¿En qué idioma le hablaré si vuelve?». Y fue un año. Entre tanto murió la vieja maldita. Pensaba si lo reconocería, y sobre todo pensaba en cómo le diría lo que tenía que decirle, o sea: «Señor Andrei Nicolaievich Zuboff, la señora Olga Katkova que en paz descanse ha dejado un sobre para usted, etcétera».

En cambio solté el llanto y algo peor, creo que me oriné. Tenía las medias rotas ese día, una fatalidad, y es cierto que apenas si lo reconocí.

—Dejaremos el sobre en su casa, señor. ¿Cuál es su casa?

—Dámelo ahora —dijo.

—No lo tengo, señor —(Soy rápida para mentir)—. ¿Cuál es su casa, por favor? Lo tiene mi padre, bajo llave.

Escribí mi despedida en la oscuridad: «Bienamado padre, bienamadas hermanas, no voy a morir sino a vivir, todo será felicidad para mí; no tendré pena de verlas tan bonitas y con sus novios. Mi bienamado padre, vuelvo a decirle que voy a ser feliz. Se despide esta hija suya, Lina».

Pocas eran mis cosas, las até dentro de una caja de zapatos con el sobre de la vieja encima y salí. Detrás de su biombo mi padre dormía y ellas en la cama de matrimonio detrás de nuestro biombo, ellas que después de algunas lágrimas por mi carta se alegrarían de dormir más holgadas.

Dormían los españoles del primer patio por supuesto, y al pasar ante la puerta del número dos: «Ya no te veré, maldito», dije, y al pasar por la puerta que fuera de la vieja: «Adiós vieja que reventaste». Habré caminado media ciudad porque era como mediodía cuando llegué a la pensión.

Oí sus pasos en la escalera. «No te orines: míralo a los ojos». Y lo miré a los ojos.

De él podría decir que había cambiado completamente, y también diré que al parecer andaba buscando en la ciudad a alguno o algunos que ya no estaban. Recibió el sobre de la vieja con los pies juntos, quiso ponérselo en el bolsillo pero no cabía, y lo movió en el aire sin prestarle un pensamiento. ¿No era tan amigo al fin y al cabo?

Había llegado el momento que tanto preparé, aunque una cosa es preparar, otra hablar, y ¿qué más tonto pude decir si no: «Pocas son mis cosas y caben todas en esta caja de zapatos»?

No le importó lo que hubiera dicho, de modo que me acompañó a la salida en silencio.

—Señor Andrei Nicolaievich Zuboff...

—¿Quién te enseñó a nombrarme así?

—La señora Katkova, o sea Olga Katkova que se murió de hambre sentada en una silla.

Pareció interesarse entonces porque me ofreció desayunar con él, y desayunando volvió a olvidarme pues recogió el sobre y al abrirlo con el cuchillo de la manteca derramose sobre la mesa un montón de cartas, que ordenó por fechas y se puso a leer, tan ausente, que sonrisas y hasta lágrimas vi aparecer y borrarse por cartas que, si hay que creer en las pocas no escritas con letras rusas, tenían fechas de un año atrás. Pero el otro sobre —«dárselo en mano propia siempre que yo haya muerto antes»— no lo abrió. Ya ves cuánto caso te hacía, viejuca.

Ordenado todo y metido de nuevo en el sobre encontró frío el café, llamó por otro caliente, y allí me vio. Diré que creo que no recordaba quién era. Así que pensó un momento y quiso saber qué había dicho sobre unos zapatos.

—Dije, señor, que en esta caja de zapatos he puesto mis pertenencias, porque donde usted vaya iré yo. ¿Por qué reírse? Lo vi una vez hablando con aquella vieja o señora, y esa misma mañana le pregunté si no quería que la ayudara a limpiar su pieza, o a peinarse, para conocer más detalles. Me costó, señor, porque aquella vieja, o señora, era tan mala con nosotros como casi todos los españoles de su patio. «Se fue al sur, me dijo, a ganar dinero, y después volverá». Yo también puedo ir al sur, señor. Tengo veinte años, mis hermanos quedan con mi padre, así que no hay problema.

¿Me escuchó? No creo. Porque se levantó a preguntar algo de un mensajero. Volvió y se puso a fumar sin mirarme.

Y cuando le llegó la noticia del mensajero: «que ninguna de esas personas estaba en la ciudad», quedó como una hora mudo.

—¿Sabes bailar?

Esa pregunta me hizo.

—¡Claro!

—Digamos ¿dieciséis años?

—Digamos.

Pero tenía catorce. Pasamos la tarde comprando el vestido, los guantes y lo necesario para bailar. Y al entrar en aquel lugar lujoso, ¿era Lina o quién era?

Bailar fue bueno; y más que bueno comer en un sitio reservado; y lo mejor fue cuanto sucedió en el sofá, tan diferente de lo que cuchicheaban mis hermanas cuando me creían dormida. Y luego pidió más champaña.

Viendo que las flores de mi peinado ya no parecían las mismas las quité, y al alisarme el pelo para volver a levantarlo sucedió que él, sentado en el sofá y mirándome en el espejo, me señaló. Y se levantó señalándome y diciendo: «Te conozco».

Cuando se emborrachaba se ponía pálido y yo pensaba «Lámpara de opalina», así que pensé aquello por primera vez: «lámpara de opalina» mientras me señalaba y decía:

—Te conozco: una criatura que cruzaba un patio al lado de un ataúd...

—El de mi madre.

—Un hombre gritó una burla...

—El español maldito.

Qué alegría fue aquello para mí, ¡pero él! escondió la frente en las manos hablándose en ruso.

El viaje lo pasamos en la misma cucheta o en el suelo del camarote en que todo rodaba. Él nunca me explicó lo que hacía o pensaba, ni lo que encontraríamos allí.

Lo que encontramos fue viento, podría decir. Uñas moradas, guantes de lana, cabalgar. Nunca había montado, tenía miedo de los caballos, no me quejé. Lloraba con la cara escondida en la bufanda, y eso dos veces. No vi árboles ni nada que fuera bonito. Una vez me consoló. Dijo que descansaría al llegar. Bebíamos alcohol, café caliente haciendo fuego detrás de piedras. Otra vez me dijo:

—El barco tardó tanto tiempo con esas tormentas que hay que correr, si empieza a nevar no llegaremos.

Pero llegamos, y era una cabaña de la que el viento arrancaba el humo de la chimenea.

—Ah —dijo.

Golpeó fuerte, gritando su nombre, y destrabaron la puerta forcejeando hasta abrir una rendija por donde entró el viento derribando cosas en el interior.

«¿Un hombre sin cabeza?» pensé. Era uno a quien la puerta llegaba al cuello y se agachó a mirar. Quedé sola adentro, entre el humo y las mantas. El hombre se abrigaba y salió —ponía los hombros de lado al pasar por la puerta— y salieron con él los perros.

Sentada en la oscuridad vi a una gorda niña o muchacha marrón con trenzas y mantas, callada. Que me odiaba.

Puse las manos sobre la estufa roja de calor, y por días no pude moverme. Así empezó mi vida allí.

Nevó pronto. Fui la primera en despertar, por el silencio. Grité:

—¡Se fueron las ovejas! ¡Andrei! ¡Olaf!

Abrimos la puerta y solo vi blancura.

Qué hermosa me pareció, mas no lo dije por la prisa con que ellos se abrigaban, llamando:

—¡Oo! ¡Café!

Y Oo, que era muda pero oía, les dio tazones del café que mantenía caliente sobre la estufa; pero no quiso servirme, así que bebí por mi cuenta con la misma prisa. Corrieron a ensillar y yo tras ellos. Ensillé y ensillé bien, pues desde el primer día iba estudiando cada cosa, y Olaf, que no me hablaba, hubo de decir algo pero no lo dijo, y Andrei ni me miraba. Así que ensillamos en el cuarto en que dormían los caballos con sus mantas puestas junto a pilas de mezquina leña de arbustos, estiércol seco bien ordenado, y fardos de forraje amontonados. Oo quedó mirándome por la rendija de la puerta.

En la nieve qué mal andaban los caballos. El trabajo era así: fijarse en la blancura. Dondequiera que viese un agujero o pequeña chimenea, acudir, y a pala limpia destapar la oveja que con su aliento había formado ese agujero. Se debatían y pataleaban para levantarse, frías pero sin hambre pues habían rumiado. Fue un trabajo largo sacarlas todas, o casi todas, ya que las muertas solo volverían a verse en primavera, y las arreamos a un corral de techo larguísimo que había cerca de la casa. Andrei alto y tranquilo con su gorro de lana les repartió forraje; las ovejas estúpidas se alegraban de comer.

Olaf, puesto aparte, degolló un cordero grande o borrego, y allí mismo vomité disimulándome detrás de un poste, pues aquel cordero asustadísimo que pataleaba con las patas atadas lloró de miedo y volcando la cabeza ofreció la garganta, y se aflojó al morir.

—¡Oo! —llamó Olaf.

Llegó Oo con su cuchillo en la mano —o sea, nos espiaba—, se acuclilló a desollar el cordero, y vi que el interior de la piel era de raso, y el acero con mucha velocidad lo separaba de la carne pálida, no roja como yo creía, y así como una señora deslizaba su abrigo en aquel restaurante y quedó vestida de seda en el centro de sus pieles derramadas, el cordero iba quedando libre de pompones, y al perder el cuero de la cara perdió lo rechoncho y quedó un rostro delgado de ojos saltones de pequeño caballo o langosta. Y flaco, sedoso y celeste quedó abierto de piernas en su cuero. Hundiole Oo el cuchillo, desbordaron sus tesoros, estómago, tripas y pulmones soltando vaho en el frío. Los arrancaba ella con ruidos gelatinosos y los echaba a los perros que esperaban y se abalanzaban a comer. Un vapor salía del cordero al aire.

Con el cuchillo abriole Oo un ojal en los talones y lo enganchó en el borde del techo, alto, y como se cuelga a secar una camiseta lavada colgó de unos palos el cuero, y pronto aquel satén se borró y se hizo amarillo y crujiente, de mal olor y estrías de sangre seca.

Fatigados ese día, satisfechos, quedamos echados en las pieles de oveja que había en la cabaña. Andrei anotaba las ovejas perdidas. Olaf me dijo:

—Muy bien.

Y allí mismo me quedé dormida.

Empezó la batalla con Oo casi enseguida.

En la tarde me pusieron a aprender de ella a curtir cueros, y tan malhumorada se mostró que Olaf la gritó fuerte en su idioma hasta que se agachó para enseñarme. Él quedó atento a lo que hacíamos, no fuera a saltear enseñanzas, y raspábamos cueros de zorro, de puma, de oveja hasta hacerlos flexibles como telas. Eran para vender y se amontonaban con cuidado.

Ella dormía con uno o con el otro hasta mi llegada, y desde entonces dormía con Olaf. Una noche vino en la oscuridad en busca de Andrei y dormido como estaba él la tomó. Pero yo desperté. ¿Qué hacer? ¿No me había dicho Andrei: «Ya tenemos allí quien se ocupe de las cosas»? y ¿no había contestado yo: «Lléveme con usted y no tendrá que arrepentirse; nunca me quejaré»?

Se deslizó aquella bola negra de muchacha o niña por la cabaña, y llegando a Olaf que dormía lo inquietó con su llegada, porque dormido la tomó y los escuché resoplar.

Aquí sobra ella o sobro yo, pensé. Como si fuera un cartel de negocio vi cruzar aquel pensamiento en la oscuridad, y vi que era también su pensamiento desde el primer día. «¿Tantos kilómetros has hecho para morir como una cucaracha? ¿La has visto manejar el puñal?».

Di mi paso como en el ajedrez. Desayunábamos y pregunté de dónde salían los cueros de puma.

—De aquí —dijo Andrei— y con la nieve los tendremos cerca.

—Aprenderé a tirar —miré a Oo—. Nadie tendrá mi puntería.

Apenas paraban de caer los copos salíamos a practicar tiro. Ni en movimiento, ni hacia arriba ni hacia atrás Andrei dejaba de hacer blanco. Yo llegué a tener mi buena puntería, y esta es la carta que escribí:

«Mi bienamado padre, mis bienamadas hermanas, ahora puedo darles noticias. Y es la primera mi casamiento con un príncipe ruso dueño de campos y de ovejas. La nieve es muy interesante. Soy toda una tiradora con rifles y con revólver, y ando a caballo como nadie. En cuestión de vestidos y joyas me cambio cuando quiero. Mi cuñado se llama Olaf. Mi sirvienta es india, Oo de nombre. Los pumas rondan las ovejas, pero estamos atentos. Escríbanme a la dirección que doy abajo. Que les vaya bien les desea, Lina».

Que los pumas rondaran era cierto, y en la mañana faltó una borrega, pero los copos de nieve habían borrado los rastros. Sí, los perros ladraron y patearon los caballos, pero nadie puede sacar un perro a esa nevada. ¡Cómo se puso Andrei! Solamente pensaba en el dinero.

Le dije un día, practicando tiro:

—¿Tan rico quisieras ser? ¿Qué harías con la riqueza?

—Un palacio con picaportes de cristal.

Agregué en la carta —ya que hasta primavera no la llevarían al poblado—: «Piensa hacerme un palacio con picaportes de cristal. Lo acaba de decir. Todavía falta para eso».

Cuando desapareció otra oveja salieron a buscar el puma, y mi mayor dolor fue quedarme en casa hilando lana con Oo. Para no estar cerca de la estufa con ella me hice un brasero en una olla, y con él a los pies hilé pensando cómo sería de buena la vida sin Oo. Levanté los ojos para mirarla y la vi mirándome con el mismo pensamiento.

Empezó ella, con veneno. Si le preguntaran, diría que empecé yo pero no es cierto. Resultó que, haciendo velas y velones, me tocó echar el sebo en los moldes: vierto yo, endereza una mecha ella, el sebo cae sobre sus dedos. Ni llora ni salta.

Va a sentarse de cara a un rincón, la mano dentro de la blusa, pasa el día entero hasta la noche y en la noche tiembla como un perro metida en el rincón. Olaf, que tenía más paciencia, fue a hablarle, y al mostrar esos dedos los vi espantosos.

Cómo la curó, lo bien, con cuánta suavidad, me dieron fastidio. Y cómo me curó, con cuánta fuerza me hizo vomitar, y el lavadero de estómago cuando vi negro, sudé frío, me movía y me revolcaba, y después, envuelta en una manta temblaba junto a la estufa con el pelo pegado de sudor, fue maravilloso. Tan grande era Olaf que me hacía volar por el aire. Estudió la comida y no encontramos nada, pero Andrei agarró el látigo, sacó a Oo a la nieve y la azotó. Después entró y dijo que al próximo bochinche me devolvería a casa.

—¿A mí?

—¡Silencio!

—Ella me envenena ¿y vas a echarme a mí?

—No sé si te envenenó.

Me enojé. Y cuando pude trabajar otra vez serví la comida a Olaf, y a él no le serví. Allí clavó el cuchillo en la mesa y ordenó gritando que lo sirviera.

El ejercicio sentaba bien a los hombres, hachar, tiro, carreras de caballo, arreglar el techo, buscar agua; pero cuando empezaban a caer los copos la cosa cambiaba. Así lo vimos el día de la primera nevada, y fue la primera frase de francés que comprendí, cuando Andrei dijo a Olaf:

—Ni un minuto libre a estas dos desde ahora.

Ni uno.

Empezaron los trabajos dentro de la casa. Que hacer jabón —Andrei lo leía en un libro, muy afanoso porque era una novedad—, que inventar comidas con los quesos que Andrei había fabricado el año anterior, que hacer el inventario de la despensa, cuestión de Olaf, que anotar comidas día por día hasta la primavera.

El trabajo más difícil era recoger el estiércol de las ovejas para ponerlo a secar, pues las estúpidas lo pisaban, todas amontonadas allí, y recogíamos también el de caballo, que no es bueno para quemar. Todo hueso de oveja iba a la estufa o a los perros. Para los hombres el trabajo más difícil era voltear la nieve del tinglado, un techo con defectos armado por Olaf, que ahora lo pasaba dibujando cambios en las tablas y calculaban con Andrei cómo debían ponerse para que la nieve resbalara. Y se pasaba Olaf los días de nevada fabricando tejas de madera para la cabaña que se llovía cuando el calor de la estufa derretía la nieve, o sea siempre.

Las pulgas nos dieron mucho trabajo.

A veces veía a Andrei como lo había visto, y lo veía que se inclinaba a escuchar a la viejuca, o sentado como estuvo las horas hablando con ella con la puerta abierta (yo pasaba mil veces por el patio haciendo mandados para mirarlo) y ¿cómo iba a pensar que ese mismo joven que hablaba así, con el sombrero sobre la rodilla, iba a ser tan malhumorado y tan callado? Lo que me hacía enojar era saber que él todavía era así de cortés y de alegre ¿con quiénes? No sé.

Con Olaf a veces, aunque se pasaran días sin decir nada. Cuando empezaban a hablar de I Talí se alegraban, y me daba celos verlos. Otras veces, uno silbaba unas notas que le venían a la cabeza, digamos Olaf cuando tallaba sus tejas o cuando preparaba su pipa, y hablaban de esas notas, o el otro silbaba otras notas que se agregaban, o alguno decía una palabra cantando muy fuerte, y se reían.

—¿Qué es I Talí? —pregunté a Andrei un día que estaba contento como maestro porque yo había hecho puros centros.

—Un país. ¿Por qué?

—Por nada.

¿Tanto les iba a gustar hablar de un país? No le creí.

Es así cómo mi enojo con Andrei, que empezó como un grano de trigo, se hizo una montaña.

Noches demasiado altas, frío muy pesado, viento demasiado grande, ¿qué éramos, en esa cabaña? Cuatro pulgas en una costura.

Eso dije una noche que nos emborrachamos. Parada en la mesa lo grité y lloré y zapateé:

—¡Con lágrimas de sangre lloro la santa comunidad de York!

¡Un grito de dolor salta de mi corazón por las víctimas de Maguncia!

Sí, habíamos tomado la costumbre de emborracharnos. Así empezaron las fiestas. Cuando nos ordenaron bailar desnudas lo hicimos. Tomó Andrei el látigo para hacernos retozar como a los osos, dijo, y nos hacía brincar con golpes en las piernas, riendo también. Se desnudaron. Era hermoso verlos. Y lo que unos hicimos con otros fue tanto que allí quedamos dormidos y con los perros cerca, como abrigo, tan borrachos que si el frío no nos despierta de a uno y no nos arrastramos a buscar la cama o una manta, allí hubiéramos despertado amontonados.

Fue un tiempo en que todos deseábamos que llegara la hora de empezar la fiesta, pero de día nadie lo mencionaba. En cuanto caía la luz empezaba.

Es verdad que pasaron antes de lo del veneno; después no pude tomar más alcohol; y después Olaf racionó porque había peligro de quedarnos sin botellas. Tomaban ellos tres vasos por día hasta la primavera. A Oo no le dieron más.

Nadie volvió a hablar de fiestas. Pero Olaf las había aprovechado para probarme, una idea que le notaba desde el primer día. A veces lo veía mirándome; él quitaba los ojos. Yo lo provocaba.

Desde lo del veneno quise y exigí cocinar; pronto estuvieron prefiriendo mi comida. Me obligaban a enseñársela a Oo (como la obligaban a enseñarme lo que sabía), pero no nos dábamos los detalles. Puse sobre la mesa un mantel de bolsas que bordé, y prefirieron mi manera de servir. Hubo limpieza desde mi llegada, y la costura o los lavados también fueron otra cosa. Pero Andrei daba su ropa a coser y a lavar a Oo, y eso me caía como comer piedras.

—¡Más bueno con los caballos y con los perros que conmigo! —le grité.

—Son más buenos.

Me puse a llorar pensando en mi abuelito y en mi madre, yo que no lloro delante de las gentes.

Andrei salió cuando yo recogía el estiércol, y vino a decir que encerrados allí nos volvíamos raros. Que era razonable mandarme en primavera de vuelta a la ciudad. Que podía encontrar un buen marido con lo linda y hacendosa que era.

—Yo te seguí, así que no te pido nada, pero podrías hablarme alguna vez.

—Yo quiero a otra mujer.

—¡Qué mentiroso! ¿Es invisible?

Me reí y él se rio. Tenía una risa hermosa. Y yo tenía ganas de Olaf.

Buscando un trapo para hacer un remiendo tropiezo con el sobre de la vieja, cerrado todavía. Fue para mí como tropezar con el patio y con la pieza llena de papeles atados con piolines, como tropezar con ese entonces, y la verdad que no me hubiera gustado volver. Era buena la vida en la cabaña. Y además esperé tanto tiempo pensando: «Andrei Nicolaievich Zuboff, la señora Olga Katkova, que en paz descanse, dejó un sobre para usted», y ahora, al señor Zuboff lo conocía más de lo que nunca esperé.

Me senté a escribir un poco más de carta:

«Aprovecho este momento de tranquilidad para hacerles saber que estuve a punto de ser asesinada con veneno por el odio que me tiene la sirvienta que les dije, o sea Oo, la india. Gracias a mi cuñado Olaf, que es médico, salvé la vida. Estoy bien y con el hígado arruinado por eso, justamente en este sitio donde se come carne de oveja. Me hago traer pollitos de Chile».

Entra Andrei con el hacha y le doy el sobre, el mismo que no cabía en su bolsillo cuando le hablé por primera vez, lo agarra, se sienta en su rincón, lo abre, y se pone a leer. Lee horas. Dobla todo.

—¿Qué se hicieron los paquetes de papel que había en la habitación de Olga Katkova?

—Los vendió la portera junto con las botellas y la ropa.

Leyó todos los papeles después de comer, las letras rusas garabateadas, borroneadas. Quedó quieto, blanco, fumando, mirando la pared. Y después los quemó. Uno por uno, con paciencia diré, hasta que no quedó ninguno. Quemó después el sobre. Y comió tan distraído que ni sé cómo tragaba.

Sí, Olaf se desesperaba de ganas de mí, y yo me paraba cerca de él como distraída a colgar ropa de unas perchas que le había hecho poner en las paredes. Así que le rocé la mano con la mía y le dije: «En el establo mañana a las nueve». Se le marcaron las ojeras, allí sentado. No comió. A las nueve se vino desde el corral, entró en el establo, pusimos la tranca. Los caballos se acostumbraron a vernos. En seguida se dio cuenta Oo. Y pronto Andrei.

Esto porque a la madrugada siempre alguno se levantaba a agregar leña, y esa vez Olaf pasa en la oscuridad y me saca de la cama de Andrei con esa fuerza que tiene, y entonces en el rincón donde estábamos uno patea para arriba y se viene una cacerola rebotando. «Soy yo, ahí voy» digo a Andrei que se despierta. Él frota el yesquero, yo me apuro a llegar, hay luz, soplo, no hay luz. Si vio o no vio a Olaf... Sí, vio.

Vio, porque al otro día salieron a trabajar como siempre, pero a la noche me dijo que me pasara a la cama de Olaf.

Fue como comer piedras, morder piedras, tragar piedras lo que sentí. Desde entonces Andrei quiso dormir solo, nada de Oo, nada de mí. Olaf conmigo tampoco, por vergüenza. Y Oo, ¿a quién le importa qué pensaba?

—Si quieres le vendo mi parte a Andrei después de la esquila y nos vamos a otro lado —me dijo Olaf. Pero yo quería seguir allí.

Andrei enseñaba a escribir a Oo, digo que para hacerme rabiar seguramente. Bien resultó aquello. Y yo enseñaba a los dos hombres a hablar mejor en castellano, los corregía y me reía.

¡Y vino la primavera! Los carneros entusiasmados, las ovejas sueltas, y más sol. ¡Una alegría, para mí!

Había que contratar esquiladores. Y con ellos empezó el triunfo de Oo.

Alguno tenía que ir al pueblo. Andrei quería, Olaf no. Sacamos de la puerta el cartel donde anotábamos todo lo que iba haciendo falta, botones, whisky, una lima, cada vez más cosas, y donde yo escribía «Oo estúpida» cuando ella no sabía leer, pero Andrei lo había tachado y prohibido. Herramientas, comidas, tablas, cartas, Oo formaba un aro con los brazos: «olla grande» decía Andrei, y anotaba. Yo quise un espejo; lo deseaba más que nada, y tantos meses. Andrei: que si creía que iba a gastar dinero en cosas no necesarias.

—¿Cuál es la necesidad de un palacio con picaportes de cristal? —le digo—. He trabajado como cien aquí.

¿Quién te mandó venir? es lo que va a decir. Olaf dice que él ya había anotado «espejo» en algún lado porque afeitarse le queda incómodo.

—¿Merezco algo por mi trabajo?

Andrei mira las cacerolas limpias, las mantas que hice.

—¿Qué quisieras?

—Un buen revólver.

—Y Oo, ¿qué quisieras?

Hace que nada, la perra. Digo:

—Si trajeras un vidrio cuánta luz entraría, cuánto mejor sería la vida ahí adentro.

—Yo no lo compro.

—Yo lo compro —dice Olaf. Andrei no se enoja. Es difícil enojarse con Olaf. Andrei pone «vidrio» en el papel.

—Lo principal son los esquiladores —dicen a la vez.

Quedamos solos. Y dejando fuera de la puerta a Oo, hacemos lo que queremos. Olaf dice: vámonos a empezar de nuevo en otro lado después de la esquila. Yo: que mejor sería otra pieza en la cabaña.

Pasan dos semanas y Andrei aparece por el fondo de las lomas con el caballo de carga echando relámpagos por el espejo y por el vidrio. Contento de llegar se sonríe con su sonrisa, baja las cosas, me da el revólver, me da el espejo, a Oo un vestido de colores. Dice a Olaf la fecha en que vendrán los esquiladores.

Pero vinieron antes.

Un día de sol y con florcitas (¡pero ese viento no para nunca!) se pone Oo el vestido de colores, y ¿no le dicen que está linda, no le dicen que si quiere bailar? Voy y me pongo el vestido de baile aquel, los guantes largos, flores en el peinado, salgo bailando. Aplauden. Allí voy dando vueltas, brazos levantados. Y veo como granos de sarampión en una cara los esquiladores que llegan. Uno gordo abre la boca. Escapo a esconderme. Contrariados avanzan Andrei y Olaf a hablarles.

Duermen amontonados en el cuarto de los caballos, que ahora andan sueltos. Comen afuera. Oo, contenta, cocina en la olla grande que saca a mediodía y a la noche: su hermano, el gordo como una chinche que abrió la boca, está entre ellos; los otros son chilenos. Ella prepara comidas dobles para su hermano, y él quiere espiarme por la rendija de la puerta.

No puede. Nadie puede. No salí de la casa mientras duró la esquila, y más de uno trató de verme, rondando por ahí.

Oo tiene ese orgullo estúpido de poder escribir, y entonces pone sus letras estúpidas enormes en un papelito, y el hermano se guarda el papelito en la barriga.

Me reí viéndolos tan marrones, tan gordos. Y era una carta el papelito.

Tiempo después, todos haraposos en ese viento, me veo callados ahí fuera a unos quince indios parados en hilera.

—¿Qué hace aquí la familia de Oo? —dijo Olaf—. Si viven al lado del Estrecho.

—Yo la vi que le daba un papelito al hermano.

Oo los saludaba y Olaf descolgó la escopeta y me la dio: «atenta mientras voy a saludarlos». Todo el dinero de la lana estaba en casa. Y estaba también la carta de mi familia, pero eso es otra cosa.

Hubo que cocinarles y que servirles —no yo, que no aparecí—, y Andrei guardó los caballos en el corral y dejó los perros afuera, aunque no paraban de ladrar y gruñir a causa de un perro esqueleto que venía con ellos. Olaf y Andrei pasaron las noches en turnos de guardia con la escopeta en mano, mientras que Oo dormía sin darse cuenta de nada. Algo querían, porque un viejo hablaba sin parar con Olaf y señalaba dentro de la casa, y Olaf hablaba sin parar con el viejo diciendo quién sabe qué.

Dije a Andrei:

—Quieren de vuelta a Oo. Que se la lleven.

—Parece que prefieren las rubias.

¡El gordo! pensé. El gordo me mandaba a comprar.

Se fueron los indios y su perro de huesos a los dos días de comer y hablar, y todo quedó como antes. Por un tiempo.

«Querida hijita (decía con la letra de mi primera hermana), te escribo por intermedio de Sofía porque ¿cómo haría con el idioma? Quedamos tan desesperados cuando te fuiste, todo fue llorar y llorar. Y ahora ¡esta carta magnífica! Aquí nosotros como siempre luchando y luchando sin desfallecer, humildes, pobres, pobrísimos. Te pido que te acuerdes de nuestras dificultades ahora que vives en tan grandiosa opulencia. A tu esposo salúdalo de mi parte. Querida hijita. Te besa tu pobre Padre».

Abajo y al costado, escrito con la letra de mi segunda hermana y con lápiz: «¿Qué tal el quilombo?».

Más que comer piedras; pataleé y lloré. ¡Para qué me trajo esa carta el carro de la lana! Siempre odié a mi hermana segunda. Y para colmo pregunté mientras comíamos qué palabra era esa, y Olaf dice: «Prostíbulo, ¿por qué?». Más que comer piedras.

Una noche Andrei, después de haber hablado mucho tiempo con Olaf, nos dice que durante el verano se irá a buscar oro.

—¿Cuándo te vas?

—Mañana.

Lo busco a solas para pedirle que me lleve.

—No.

Lloro la noche toda. Grito cuando lo veo subir al caballo, lo agarro de la pierna y me empuja, salto sobre el caballo de carga y me ordena bajar, me arrastro, abrazo las manos de su caballo para que no camine, chillo. Y me alzan por el aire como si fuera un pasto, Olaf por supuesto.

—Fuera, gringo, fuera. ¡Andrei! ¡No me dejes! ¡Andrei!

Andrei lleva el látigo a la frente para saludar a Olaf, hace un guiño para Oo, otro para mí, se va al trote.

Quedamos los tres. Olaf mudo, Oo muda, yo con fiebre que me sube y me hace caer al suelo. Olaf me cuida pero está callado y duerme con Oo.

Sigue el tiempo y allí estamos los tres, sin hablar. Él arregla los techos, yo pedí hacer la recorrida a caballo todos los días, y galopando respiro mejor y canto.

Supe qué iba a suceder pero no se me ocurrió otra cosa:

Vino Olaf, serio, a hablarme aparte. Que por qué no le dije que faltan tres corderos, que por qué no le dije que anda el puma. Digo que no me di cuenta. Está enojado.

—Olaf, no me dejes con Oo. Vamos juntos a buscar al puma.

—No.

—¡Son días, Olaf, puede ser una semana! ¡Por eso no te lo dije! ¡No me dejes con ella!

Olaf lleva sus armas y un caballo; deja un perro y lleva dos.

—Que toda esa lana esté hilada cuando vuelva. Que Lina encierre las ovejas cada tarde. Oo, quiero ver la manta lista y los frascos de conservas guardados.

Así pasó un día. Así pasaron tres. Yo dormía con mi revólver encerrada en el establo. Me cocino lo mío, ella lo suyo.

Allí está la gorda haciéndose una sopa, y yo sentada al otro lado de la pieza cuando se me ocurre, ¡bing!, hacer puntería en el cucharón que tiene en la mano. Voló el cucharón y la sopa saltó salpicando. Si no fuera el susto que tuvo a lo mejor paro, pero verla que salta a voltear una mesa y a echarse atrás, y de allí salta detrás de la cama de Olaf y levanta el colchón como defensa me dio no sé qué. No sé qué.

¡Bing! y con chistes entre medio, como: «Hablemos del veneno, gordita». Esa palabra veneno me baja la idea de matarla de veras y decir a Olaf: «Su familia se la llevó». Buena sería la vida después con Andrei y Olaf, tranquilos, alegres, solos, sin peleas. Así que le dije: «Preparate gorda que se te acaba el tiempo, y ahora te corto la trenza». No le veía la trenza, lo dije para asustarla, y se movió como un conejo detrás de un armario. El perro chillaba y lloraba.

Dije: «Voy a esperar hasta que te canses». Pero me cansé antes yo, y le dije: «Es un chiste, pavota, es un chiste», para que saliera de una vez, pero qué iba a salir.

El perro se puso a ladrar. Así que salté hasta el rincón y le arranqué el colchón de las manos y tiré los dos tiros que quedaban en ese pelo negro, porque la cara no se veía.

Y fui a la puerta a buscar de cavar un hoyo antes que se pusiera el sol. El perro gritó, y yo abrí la puerta. Y estaban en fila afuera todos haraposos en el viento los quince parientes, y el hermano gordo que se reía.

III. Olaf

1

Las manos del doctor Borg eran como dos piedras, secas y duras. Aplicadas sobre sus enfermos actuaban con un efecto calmante vinculado con la noción de impasibilidad atribuida a la ciencia. Aquellas cualidades impartían confianza, así como el olor a agua de Colonia, asimilado, en la mente de los enfermos —a causa del parentesco alcohólico— a formas de la medicación, al ascender desde su pelo gris peinado con cepillo hacia la nuca les inspiraba ideas de salubridad. Cuando auscultaba reteniendo la respiración, los anteojos de oro sostenidos provisoriamente entre el pulgar y el índice, era común que mujeres de ojos claros, paradas frente a él, que en esa postura no podía verlas, procuraran hipnotizar por un momento a un niño demasiado nervioso por la invasión simultánea de tela almidonada, manos frías y agua de Colonia. Una sonrisa de felicitación y alivio aparecía en esas madres cuando el doctor Borg se incorporaba. Felicitación para el niño y alivio personal. Pero nada persistía de esa sonrisa cuando los anteojos, como frágiles ortópteros, habían vuelto a la nariz, y la mirada había alcanzado a través de ellos el rostro de la madre. El doctor veía solamente la cara ansiosa de alguna dama perteneciente a la colectividad escandinava de Roma. Una dama que, preveía él, cualquier día de estos se marcharía a consultar al médico que desde principios del invierno estaba devastando su antesala, y no volvería a pensar en el doctor Borg salvo algún día de verano en que el otro doctor no estuviera en Roma. Pero el doctor Borg tampoco estaba en Roma en el verano.

Sí, aquel otro doctor se había transformado en un ídolo. Era la pasión dominante de los enfermos reales o imaginarios de la colectividad escandinava, de los emigrados rusos rodeados de baúles con escudos de armas en el Grand Hotel, de norteamericanos y argentinos que avanzaban dejando estelas de oro y de plata como especímenes de caracoles. Y era asimismo la pasión dominante de los perros, gatos, cacatúas y monos de sus pacientes, pacientes suyos ellos mismos cuántas veces; los caballos de los coches que se alineaban en doble fila ante su consultorio volvían las cabezas para olerlo cuando pasaba. Y no solo esto. Sino que el doctor Munthe, medio literato y medio ciego, era popular entre el pueblo menudo de Roma.

El doctor Borg era demasiado tímido para aventurarse a curar a gente tan gritona. Roma le parecía la séptima maravilla del mundo y hasta la segunda, pero habitada por una raza bella y temible ajena a su esplendor. La veía como el tesoro de una tumba vikinga que viera descubrir una vez: oro y hormigas que corrían sobre placas labradas. Igual que el arqueólogo, su amigo, él carecía de ojos para las hormigas.

¡Justamente él, se escandalizaba el doctor Munthe, justamente él no podía decir eso! Y al doctor Borg, por la alusión de aquello a su más secreta felicidad, la frente se le oscurecía y una vena en forma de i griega resaltaba un momento. Así es, contestaba sonriendo, pero no puedo evitarlo.

Una vez por semana almorzaban en un restaurante tranquilo, y el doctor Borg confesó al doctor Munthe que debía esforzarse para que la envidia no estropeara su amistad. ¡Justamente él, envidiar a alguien!, decía el doctor Munthe. Así es, apenas puedo evitarlo, decía de nuevo el doctor Borg.

No imitaba al doctor Munthe, no se le hubiera ocurrido comprar antigüedades ni tenía una casa mirador sobre el Mediterráneo de Capri cubierta de parras y abierta al sol. Pero cuando estrenó la villa entregada al mismo azul y casi ocupada en otros tiempos por lord Byron no pudo dejar de preguntarse qué pensaría de ella su amigo.

Justamente el doctor Borg. Él, que tenía lo que no tuvieron ni tendrían no solo el doctor Munthe ni ninguno de los miembros de la colectividad escandinava sino ni siquiera el mismo rey. Es decir una esposa italiana, joven y enamorada. Alta como los antílopes, avanzaba con paso rápido de Diana cazadora. El doctor Borg se encantaba de verla saludar con algo de camarada a los viejos señores, con algo de colegiala a las señoras, con algo de campechano a los sirvientes, a los niños y a los animales. Recordaba con precisión la forma en que ella se había negado a aceptar los aplausos —simplemente no cambiando de actitud ni alzando la cabeza mientras duraron— en la fiesta de fin de curso en que sus alumnas de música desafinaron —en verdad, agriamente— al cantar villancicos. Y debía retenerse para no comprarle joyas, pues solo usaba plata o perlas, y muy poco. Las ropas eran azules o celestes o blancas y también grises, y sobre todo amplias. Y así cuando la luna en el jardín de la villa, en los veranos, se veía mezclada y destapada por nubes y fondos color de uva y color lago, la luna era Teresa Borg para el doctor Borg, Teresa que caminaba desenvuelta y distraída de su apariencia con ropas azules y un pequeño anillo de plata en el dedo, la enorme cabellera suelta a sus espaldas o hecha una trenza. Se lo decía a veces, y otras no, pues Teresa lo miraba directamente a los ojos con mirada de joven soldado o de niño, y a veces le sacaba la lengua con simpatía.

Es verdad que estaba dispuesta a arrodillarse a quitarle los zapatos si hubiera habido menester —él no lo habría permitido—, y que sin vacilar hubiera entonado la canción que le pidiera, pues no parecía saber de cortedad. Es verdad que no tenía más pudor de su cuerpo que el que podría tener precisamente un antílope. Tan buena era, pensaba el doctor, que su relación con el bien era natural; estaba cansado de señoras que estimuladas por la noción de la miseria tenían arrebatos de turbia caridad. Teresa Borg era fraterna con lo creado, y ello implica no vacilar en aplicar una buena patada en el trasero llegada la ocasión.

La villa la alquiló para ella. Verla nadar lo entusiasmaba, verla feliz lo arrobaba, y ser amado por ella lo transportaba.

Nada de esto aparecía nunca en su conversación, pero toda la escandinavia de Roma lo sabía, y se notaba, para quien supiera mirar, en cierta flojura tomada por su pelo a los costados y que sugería el aura de ese abandono de la vigilancia que da sentirse amado, y en cierto aflorar de felpa sobre el borde de las orejas, que, cuando se instalaba a escribir una receta ante la mesa de su consultorio con la luz de la ventana a las espaldas se veía como si dos lápices de oro trazaran el contorno de los pabellones de un rojo claro. Solo algún paciente particularmente sensible podía conmoverse por esa forma de entrega que el doctor, concentrado en la explicación del método curativo, ignoraba.

Hasta las damas más propensas al romance de consultorio retuvieron buena parte de su impulso cuando el doctor se casó. Lo odiaron por esa boda, y a Teresa, a quien no conocían, mucho más. Era la única manera de odiar a Teresa: no conocerla. Pues ignorante del espíritu de competencia (salvo tal vez en materia de natación) saludaba a las mujeres con la sonrisa que tenía para el resto de las criaturas, súbita, abierta. Verdad que, reflexiva como era, solía acertar en su diagnóstico cuando una de esas sonrisas encontraba por toda respuesta una fisonomía impasible. Pero los reservaba para su consumo. Y solía equivocarse también atribuyendo al hecho una circunstancia social: era hija de una cocinera que el doctor Borg había contratado a poco de llegar a Roma, se había criado en su casa. Las damas de la colectividad —su perspicacia no alcanzaba a descifrar este matiz— le atribuían poderes de cálculo y habilidades fuera de lo común.

Cuando el doctor Borg supo que, como dicen los criadores de caballos, iba a ser padre en Teresa, fue a esconder su emoción. La escondió en el último banco de una iglesia donde nadie lo perturbaba, ni siquiera la grey, desconocida. Allí planeó su celebración y su homenaje.

Pareció extravagancia, pero es un hecho que él veía en la musicalidad natural de ella, como en la palidez de su piel y el trazo enérgico de sus cejas un elemento constitutivo y a la vez superior a la persona, el sello de la raza que temía y admiraba, y a la que su hijo pertenecería en perfecta mitad. Decidió llevarla al próximo estreno de la Ópera de Milán. Y cerrado el consultorio se fueron de viaje.

Ella ascendió los escalones con rapidez de amazona, ataviada humildemente —pues los matices de la humildad son incontables— con lo mejor que tenía, seda celeste y perlas en las orejas y en un dedo.

La música que oyeron les hizo una impresión penosa. Ella le pidió retirarse. Después, comiendo en un hotel se rieron de su disgusto, y de vuelta en Roma hablaron de la aventura con el doctor Munthe, quien regaló a Teresa dos libros recién aparecidos donde la historia que habían oído en el teatro se veía dibujada por una mano que ella juzgó mágica. Allí, vestido de pieles, estaba aquel que había dicho con extraños gritos: «¡Wehwalt me he llamado a mí mismo!» portador de desgracia o príncipe de desastres. No era romántica, si romanticismo es adhesión fantasiosa a realidades imaginarias. El doctor Borg tampoco. Pero desde algún costado aquella historia los inquietó, y el amor de Siegmund y Sieglinde marcó algunas semanas de la gestación del hijo a quien llamaban por una broma particular Domiciano.

Entonces llegó una carta.

Todo parecía natural en ella, las estampillas, la letra del hermano mayor del doctor Borg, inclinada hacia la derecha, escrita con tinta negra y trazo fino.

Esa letra se extrañaba de la falta de respuesta a las líneas que su hijo le había llevado en la mochila. ¿Era posible que no hubiese llegado a Roma? «Hace dos meses que salió». El doctor Borg hizo averiguaciones en la embajada. No había noticias.

Pues setenta días antes, en esa luz que proyectada desde la ventana del consultorio subrayaba sus orejas con una estría afelpada, el doctor Borg sentado a su escritorio había escrito con el tono de holgura y de paternalismo que otorga el disfrutar de un privilegio (Teresa era el privilegio) unas líneas en que consolaba a su hermano por los estudios interrumpidos de medicina y la relación irregular con el violín y con todo de su hijo, y le recetaba una visita a «esta Italia que suele curar nuestras venas congeladas».

De este modo, sentado ante su escritorio, en esa luz, el doctor Borg cargó y gatilló el arma que destruiría no solo su felicidad sino algo más sutil: la estructura de lo que siempre había tomado por su propio ser.

El mes de mayo cubrió a Roma de una eflorescencia de calor.

Un cheque cayó sobre el escritorio del doctor Borg. Se desprendía de la mala salud del único millonario norteamericano inmune a la atracción del consultorio del doctor Munthe y era el más grande de los que premiaran nunca su ciencia. Decidió transformarlo también en homenaje. Símbolo y homenaje, podría decirse, a diferencia del anterior, que había sido celebración y homenaje. Primero pensó en un pequeño velero que llevara el nombre de Teresa. La imaginó, descalza, sajando el agua y elevando una mano para saludarlo, a él, sentado frente a la villa con el humo del cigarro subiendo en señales de adoración mientras la contemplaba. Después la idea de que su estado, ese verano, le impediría esos ejercicios, y sobre todo la idea de que su propia posible participación en ellos ofuscaría la pureza de un homenaje perfecto lo llevaron a pensar en una alhaja. Era un brillante con algo de farol acompañado de una constelación de zafiros y diamantes que se esfumaban hacia los lados lo mismo que nubecillas estremecidas de respeto dejaban paso a la luna sobre los techos de su villa byroniana.

Con el estuche en el bolsillo y esa alegría que, entre las que depara la vida, solo surge de la aparición inesperada de una gran suma de dinero, tomó una victoria para dar un paseo por la via Appia.

Estudiantes de bellas artes, a su parecer, hacían un picnic debajo de los pinos. Junto a los mausoleos las flores silvestres se doblaban y desaparecían en los hocicos de las ovejas. Nada arrulla una felicidad solitaria mejor que los cascos de un caballo sobre la piedra. Y si la piedra ha sido puesta dos mil años atrás por manos romanas entre interjecciones latinas y hasta etruscas el arrullo es más calificado, hubiera dicho el doctor Munthe, y el doctor Borg hubiera sonreído, asintiendo.

Pero iba solo, y su sonrisa, como el sol que según algunos autores alumbra el centro de la tierra, era interna y alumbraba su corazón.

Un mantel cubierto de platos, desaplomados por la ondulación de la hierba, se veía, y una botella de Chianti como una deidad marina con cola de paja emergía cerca de un tronco. Los estudiantes eran escandinavos, supo el doctor, que conocía a algunos.

Adorador de una cabellera oscura, se sintió infiel al decidir que las divinidades de la naturaleza vegetal, y también fluvial, tenían que ser rubias, como aquella muchacha —no muy buena escultora si recordaba bien— coronada de flores que ponía bocados de pan entre los labios de un joven echado con la nuca sobre su regazo. Rubias. Como el joven, también. O quizá pelirrojas, como el barbudo que tocaba la guitarra un poco más atrás.

Entonces la muchacha vio al doctor que pasaba en el trote lento de la victoria, y por lo visto murmuró su nombre.

Pues el joven se incorporó.

Cuando avanzaba, colosal, ágil («un semidiós» hubiera dicho Munthe), el doctor Borg reconoció con incredulidad al adolescente demasiado macizo, demasiado distraído y demasiado tímido dejado en Suecia unos años antes. Solo la timidez perduraba, si uno se atenía al embarazo con que se arrancó la guirnalda y la dejó caer en tanto se acercaba a la victoria que el doctor Borg había mandado detener.

Nada clara resultó su referencia a «un atelier, por ahí», ni a otros asuntos relacionados con la embajada y con el doctor Borg, pero cobró aplomo —y una sonrisa— cuando aseguró a su tío que pensaba completar los estudios de medicina ese año, en Suecia.

Sí, la musculatura y la claridad del pelo sobresaltaban, pensó el doctor, o mejor dicho lo hercúleo y la ligereza del paso, pero visto de cerca, y mientras buscaba en vano un recuerdo de la fisonomía paterna en sus facciones, ¿la frente tal vez?, el azul mucho más profundo que los iris celestes de los Borg, y más que nada el desconcierto causado por dos arrugas que unían la nariz a las comisuras de una boca irregular, trajeron a su memoria la fisonomía de la madre, bajo la ocre cobertura de un mar de pecas que el hijo no tenía, muerta hacía decenios. Arrugas étnicas, capaces de volver una cara juvenil tan amarga, sensible o desvalida, ¿significan algo? ¿Son raciales sin más connotación? A Borg le hablaban de tragedias. «Siegmund —se le cruzó mientras metía la mano en el bolsillo para buscar una tarjeta con la dirección de su consultorio, y sus dedos chocaron, sobre su corazón, con el estuche de seda que transmitió su rayo felicidad-amor-regalo— Wehwalt me he llamado a mí mismo». Se lo comentaría a Teresa: Siegmund ¿no tendría esas arrugas?

Después, sin saber por qué, decidió que no lo comentaría.

El doctor Borg, en la grabación que las escenas cavaron en su cerebro y que se vio obligado a ver por años durante los días y las noches, no podía dejar de recordar el orgullo con que, una semana después, llevó a Olaf a su casa. El orgullo de presentar un espectáculo digno del interés de Teresa así como una buena muestra de su patria y de su familia, hasta el momento representadas en la imaginación de ella por una bandera, algunas reuniones tediosas y una idea sobre los fjords por un lado, y dos pálidos daguerrotipos enmarcados en doble óvalo de plata sobre la mesa de noche del doctor Borg por otro.

Orgulloso. La luz había fallado en todo el barrio aquella noche. Debió golpear la puerta de su propia casa, que alguien juzgó prudente cerrar con llave. Y Teresa abrió la puerta.

Y se asustó. Millares de veces en los años consecutivos el doctor Borg la vio retroceder dos, tres pasos rápidos, un destello como una gota de glicerina echado por el diamante sobre las flores de la falda cuando retrocedía. Y quiso huir, a pesar de su «hola» buscó una puerta. Pero el doctor Borg, habitante por poco tiempo aún de la isla de corroídos bordes de su seguridad, creyó que la penumbra y el extranjero gigantesco la confundieron, que no lo había reconocido a él, al doctor Borg, aunque le dijo: «te traigo una visita», y ella dijo «entren, estamos sin luz». Sí, quiso refugiarse en otra habitación pero fue empujada hacia ellos por la aparición de un sirviente con una lámpara en la mano. Y la vio, tuvo que verla luego millones de veces, vacilar en levantar los ojos ante el recién venido y luego componer con un esfuerzo una cara amistosa, su sonrisa de siempre.

«¿De qué te asustaste?» le preguntó esa noche, y ella negó haberse asustado y luego aceptó: no sabía. «Si te disgusta mi sobrino no lo traigo más». «No es eso. Bueno, si quieres no lo traigas».

Y no lo trajo.

Pero ese verano, sentado frente a la villa con el humo del cigarro subiendo en volutas de adoración, y el rosa de los laureles diciendo que sí, bajó los ojos y vio un pequeño velero, un triángulo blanco, y en él de pie al más atlético de los navegantes que levantaba un brazo saludándolo. Así que bajó a saltos hasta el embarcadero. Olaf brincó a estrecharle la mano, amarró el barco, y el doctor Borg, nuevamente lleno de orgullo lo precedió escalinatas arriba y le dio el cuarto de huéspedes con balcón al mar. Cuando Teresa volvió del pueblo con una cesta llena de duraznos al brazo el doctor Borg temiendo disgustarla se adelantó a tomar la cesta y le comunicó lo hecho. Y no vio ninguna expresión en su cara cuando ella dijo «Bueno».

De su batalla debió decirse después que presenció todo: los días en cama con la persiana baja (él le traía flores y se sentaba a conversar teniéndole la mano, que ella desprendía y escondía lánguidamente bajo la sábana), los paseos solitaria, la palidez, las lágrimas repentinas, su pedido de volver a Roma, que él no atendió. Presenció también las partidas de Olaf en su pequeño velero, los días que tardaba en volver, su silencio. Presenció diálogos junto al piano, él, el doctor Borg sentado en el sillón de mimbre escuchando conciertos llenos de errores y de olvidos.

Y luego vino la oleada de erotismo que lo envolvió y contagió. Sorprendido, pues la diosa cazadora es casta como la luna que lleva en la frente, y una gravidez notoria tiene carácter lunar, se vio compenetrado hasta el pelo, que se le erizaba en la nuca deseando exquisiteces. Y recordó a aquel caballero —siempre lo había considerado tal— cuya intimidad invadió un día. El rey había venido a Italia en expedición arqueológica. Confidente de la picaresca italiana, Munthe estaba informado del hallazgo que le reservaban. El doctor Borg se sintió avergonzado en su rey, pero el doctor Munthe era realista como todo romántico y dijo: «En esto se pasa meses de cavar sin resultado; cavará diez minutos; luego Suecia patrocinará la investigación en todo el sector. No hay dinero aquí. Compréndalo». Tuvo que comprender. Y bajo el sol, junto a los olivos obesos y retorcidos en el campo brotado de túmulos verdes presenció el golpe de pico que sonó a hueco, la exclamación, el destello en los lentes, la inclinación de las cabezas, y al otro día, resbalando en el barro rezumante entró en el recinto del caballero dormido. Vio pintada en la pared la alegría de sus ejercicios, la caza, los banquetes, el mancebo inclinado con la muchacha de piernas acrobáticamente alzadas, de espalda sobre sus espaldas, ambos ofrecidos al caballero enhiesto, ocre, arrebatado.

Envidió al caballero, que volvió a su memoria como un amigo dichoso. Y el erotismo impregnador despertó en su inteligencia asociaciones que nunca le habían hablado, túmulos, vientres, vida, muerte, calor, exaltación. Teresa indiferente lo avergonzaba de sí, atento a su estado. Un millar de veces, también, en los años sucesivos tuvo que verla pasar como pasó aquel día por el pasillo, llena de color, ojos lucientes, labios hinchados, corriendo hacia su dormitorio y murmurándole al pasar que hacía mucho calor. Era el día mismo en que un propietario venido desde leguas al norte había llamado al portón de la villa reclamando el pequeño velero alquilado por unas horas el mes anterior.

De vuelta en Roma, esa amplificación de sus sentidos actuó como una lente en sus horas de consultorio, donde el fluido de todo cuerpo vivo se le manifestó en halos de atracción. Él, perseguidor de la enfermedad, la vio por primera vez como descomposición de la radiancia de lo vivo, como ofensa.

Era quizás para que la muerte enganchara su garfio en él con mayor eficacia.

Recordó también para siempre la noche en que Teresa, nada fatigada, comiendo en la luz de los candelabros —un pescado asado con hierbas— le contó cómo venía de visitar el cementerio no católico, le habló de la tumba de Keats y de la tumba de Shelley, de los etéreos mármoles escandinavos, de la puerta por donde pasó San Pablo, de la pirámide blanca de Cayo Sestio, del reducto de la administración donde una muchacha de quince años y rica cabellera tomaba los pedidos sonriendo y era como la vida. Recordó el doctor Borg al caballero etrusco más que vivo en las paredes de su túmulo, pero no dijo nada. Y ella agregó que allí le gustaría ser enterrada, pues «da lo mismo, ¿no?», y él sonrió, porque la consideraba pagana y angelical, mientras sobre la mano que manejaba el tenedor veía las legiones de diamantes y zafiros apartarse a cada lado como los lacayos que sostienen el telón de la Ópera para dejar paso a la luz circular de un escenario.

Esa lente que amplificaba en su consultorio la fascinación de la piel que se tiende entre los omóplatos, la corriente del vello que confluye en un abdomen, la carne que se mueve en la respiración, el brillo de un diente bajo el labio, el abandono de la lengua, la súbita ojera del temor, tañía emociones en el doctor Borg, vuelto instrumento afinado. El cambio se notaba en su boca, más llena, en su respiración, más apacible, y en sus manos que ya no eran como dos piedras.

Y un miércoles —nada bueno le ocurrió nunca en miércoles— vio con un sobresalto de interés que esperaba en la antesala aquella muchacha que lo había hecho pensar en divinidades vegetales y fluviales. Por primera vez en su vida atendió con cierta premura a las personas que precedían su consulta, hasta que, la mesa de por medio, una lámpara de pantalla verde entre los dos, quedaron en silencio. En ese silencio el doctor Borg se preparó para responder con la mayor humanidad posible al caso de una muchacha embarazada por su sobrino. Pero ella, con voz más ronca de lo que su cuello sugería, los ojos redondos y bonitos como refugiados bajo la cornisa de una frente muy convexa, le preguntó si sabía algo de Olaf, desaparecido durante el mes de mayo. Y el doctor debió recomponer el cuadro, porque ya estaban en otoño. Lo recompuso, mirando las manos un poco toscas tomadas de la mesa, «escultora», recordó. Mencionó el verano, su paso por la villa, y prometió averiguar algo para mañana. Desconcertado, molesto. Decepcionado de que no viniera hacia él en otra forma, podría decir. ¿Le deseabas una enfermedad? se burló de sí mismo abriéndole la puerta.

Y en la antesala estaba sentada Teresa. Tan ojerosa, los labios tan apretados, que el doctor nunca supo en qué forma despidió a la muchacha.

Solo recordaba a Teresa entrando en el consultorio, ocupando la misma silla frente a la misma mesa, diciendo que tenía que hablarle. Es verdad, se dijo después cientos de veces, solo por demorar aquella conversación fuera cual fuese la hizo levantar diciendo que tenía que darle a beber algo caliente, que salieran. Ella se resistió, «no voy a poder hablar si no es ahora», y la condujo por la calle oscurecida y por el resplandor de las vidrieras a la confitería de los ingleses, Babington's, sobre la Piazza di Spagna. Sus dedos, que la sostenían por el brazo, supieron que todo había terminado en el mundo para él, pero su cerebro se negó a admitir la noticia. La recibió su corazón.

De frente a la concurrencia —un cirujano inglés lo saludó deferentemente— porque ella había elegido sentarse de espaldas, oyó que Olaf y ella partirían juntos. Veía su vientre, como un huevo revestido de azul detrás de la mesa. Y no preguntó nada, mientras un rompecabezas que chorreaba sangre por todas las junturas se armaba ante sus ojos por encima del sombrero sin adornos que ella se ponía para salir. Las piezas de aquel rompecabezas, brillando con súbitos relieves u opacadas en olvidos parciales se ensamblaron una y otra vez durante las semanas que siguieron. Pero ese día quedaban cosas prácticas por hacer.

Prácticas como cerrar valijas, sollozando ella, petrificado él. Como firmar subrepticiamente cheques en blanco y deslizarlos en su bolso. Como verla señalar el anillo en el dedo significando lo que sabían: no era del caso devolvérselo. Como tomar un coche cerrado, hacerla subir, subir a su vez. Y ver abrirse la portezuela contraria, ver aparecer a Olaf, a quien nunca pudo odiar, y encontrarse obligado a bajar, a cerrar la portezuela, a ver por el vidrio de atrás la cabeza rubia inclinada hacia el sombrero azul. Pero ella lloraba, lloraba con un grito. Y el doctor Borg corrió detrás del coche hasta asfixiarse y tropezar y caer y levantarse y perderlo de vista en un recodo.

Cuando entra la desesperación todo lo demás sale. La sensatez en primer lugar. El doctor Borg recorrió las oficinas de la policía pidiendo datos sobre el domicilio de la pareja, se transformó en la comidilla de la colectividad, almorzó semanalmente con el doctor Munthe sin hablar del tema que había transformado su fisonomía en la de un hombre que ha perdido todos los dientes.

Las orejas, como vanguardia del pergamino que recubrió su cara, se volvieron amarillas, delgadas, sin sombra del nimbo que alguna vez las aureoló. Y los venenos de las descomposiciones químicas correspondientes a las descomposiciones anímicas invadieron su organismo formando bolsas bajo los ojos, venas celestes en las sienes, un extremo de cera a la nariz. Nada es súbito en un desmoronamiento. Quien ha visto un incendio conoce la entrega escalonada de la materia, sus equilibrios, sus desplomes.

Aquel paciente particularmente sensible que pudo emocionarse ante las señales de felicidad percibidas en la naturaleza física del doctor Borg, suponiendo que hubiese existido, tuvo ocasión de notar la tarea astringente con que el dolor, como una esponja empapada en tanino, lavó todo rastro de gracia en su apariencia. Observó la emersión de dos tendones con algo de pata de gallina en la nuca que del rosa pasó al amarillo como al parecer todo el resto del cuerpo salvo los ojos, que se rodearon de rojo, con desaparición de pestañas. La piel de la frente se adhirió al hueso hasta consubstanciársele; el pelo de un gris de acero se hizo ralo y blanco, y todo él disminuyó dentro del guardapolvo de inalterable perfección salvo la holgura nueva de los cuellos.

El doctor Munthe, viéndolas manejar los cubiertos, notó que las manos, traspasado el período de sensorialidad que las tumía se restringieron, y vio bailar la alianza de oro en el anular mientras hablaban de temas nunca suficientemente abstractos.

Solo un experto en sufrimiento, mirando al doctor Borg impasible en su consultorio, podía imaginar sus gemidos cuando los barrenos de la desesperación empezaban a trabajar. El gemido, manifestación animal de lo insoportable. Pero experto y todo ¿podía imaginar al doctor Borg mordiendo la madera de una ventana hasta dejarla marcada?

Cuando comprendió que no podía con las miradas en su consultorio súbitamente lleno, el doctor lo cerró. Hizo algunas diligencias para vender su casa y otras para desalquilar la villa sobre el mar. Calculaba que tendría lo suficiente para alquilarse un departamento pequeño durante años. Y en esos años, no con mucha claridad, es posible que se propusiera esperar la vuelta de Teresa. Tales diligencias motivaron que no estuviese en su casa el día que llegó un mensaje.

Pues tenía inscripta en la mente, como una tableta de mármol, la primera mitad del mes de noviembre para fecha del nacimiento de su hijo. En ese período futuro se centraba el máximo de su preocupación por Teresa.

Así que, entrando al atardecer en su casa con los documentos que probaban su abandono definitivo de la villa, encontró una nota garrapateada sobre la mesa del vestíbulo. Primero vio la firma, Olaf. Luego leyó en sueco: «flojas pero continuas contracciones, favor enviar especialista» y una dirección en el Trastevere.

—¿A qué hora trajeron esto? —gritó entrando en la cocina.

—A la mañana, un chiquillo —contestaron.

Y corrió en un coche de alquiler, ya sin esperar nada, por la ciudad oscura, mientras la cocinera corría llevando un mensaje al doctor Munthe.

En un caserón de color mostaza con una Madonna iluminada por una llamita en la esquina trepó una escalera de piedra hasta asfixiarse como aquel día del coche, y luego subió otra de madera.

Lo primero que oyó al abrir la puerta fue la voz de Teresa —como si su alma misma hablara— en el recodo del aposento en forma de ángulo. «No puedo más, amor» decía en el sueco de vocales abiertas que había aprendido de niña en casa del doctor Borg. Olaf murmuró: «Es la última, te juro, una vez más». Dando un paso callado vio los muslos con un brillo de seda alzados, los pies haciendo fuerza contra los hombros de Olaf, la cara y el cuello entre las sábanas invadiéndose de un rubor que crecía a medida que el esfuerzo aumentaba, los ojos cerrados, los dientes visibles en un rictus. Cubierto de sudor Olaf —una jofaina humeaba a su lado—, «aquí está», aferró con un movimiento como de pescador algo con un trapo. El doctor Borg vio una pelota como un coágulo atornillándose a un lado y otro retenida por Olaf con el trapo en una lucha para que no volviera a reabsorberse, sacada lentamente, un hombro lila, otro, algo de raíz, algo de yuyo en el pequeño organismo que depositó sobre el vientre, entre las piernas de ella. «Es varón». Y apenas movimiento en el pequeño ser silencioso que parecía un montón de tripas de consistencia submarina. Quitándose la chaqueta, Borg levantó por los pies a su hijo y lo golpeó. Como golpear un cabrito desollado en la feria. Con golpes fuertes, dos, tres. Un llanto entonces de voz entera sonó y siguió algún rato. Y bañándose las manos en alcohol suturó los cortes de la vagina —Teresa cerró los ojos—, indicando a Olaf cómo arropar al niño: «Calor, dale calor», pero su corazón y su mirada iban a Teresa que parecía dormir, las manos —un rayo del diamante— sobre el pecho, la respiración calma, la trenza negra a un lado.

Cuando el doctor Munthe y un ginecólogo italiano de bigote rizado llegaron a la puerta, el niño vivía, envuelto en pañoletas cerca de un brasero, Teresa dormía, el doctor Borg y Olaf en mangas de camisa bebían brandy en silencio. Pero el niño murió durante la noche. Olaf contaba algo en un susurro. «Mañana la trasladamos —dijo el doctor Borg—. Que duerma ahora».

Y cuando se acercó en el amanecer a mirar a Teresa oyó un goteo, se inclinó y vio un lago rojo debajo de la cama. En el colchón empapado Teresa estaba muerta.

Era costumbre, durante aquellos años, hacer de noche los entierros en el cementerio no católico de Roma. Las pasiones del pueblo traían problemas. Esa noche de septiembre, la luz de las antorchas iluminaba con efectos grotescos el ataúd en que Teresa y su hijo eran llevados por Borg, Olaf, el doctor Munthe y unos enterradores que olían a vino. Una pedrea hizo retumbar el ataúd, rompió los lentes de Munthe, la mejilla de Borg y la frente de Olaf. «¡Herejes!» se oyó en la oscuridad. Fue una batalla, una verdadera batalla contra formas bajas y musculosas y harapientas, y mujeres que blandían garrotes. El ataúd estaba en el suelo, los enterradores habían huido, las antorchas se extinguían tiradas debajo de los árboles y la pirámide brillaba indiferente bajo las estrellas.

Olaf quebró varios cráneos entrechocando cabezas aferradas de los pelos, y revoleó por los tobillos a ciudadanos que aullaban blasfemias e iban a despatarrarse contra los mármoles.

El doctor Borg sobrevivió varios años. Parte de ellos vendió productos medicinales en los consultorios de Milán. Cuando su hermano vino en su busca no quiso acompañarlo. Al contrario, bajó de nuevo a Roma. El doctor Munthe lo vio una vez dormido sobre el parapeto de travertino de la plaza del Capitolio. Pero el doctor Munthe dejó Roma. Casi ciego se dedicó a escribir. Olaf había tomado un barco para América del Sur. En verdad, ninguno de los tres volvió a encontrarse después del entierro de Teresa Borg.

2

La cordillera se le manifestó con benevolencia cuando la cruzó por el sur —una visión del Pacífico entre lluvias, lejanísima—, descubrir un techo semihundido a sus pies lo hizo bajar el sendero provocando pequeños desmoronamientos de guijarros, contornear la pared de piedras caídas, desmontar, inconsciente de la espectacularidad de su aparición, el poncho araucano como un cielo negro cruzado por relámpagos. Pero no hubo aparición. En la cabaña había humo y un hombre tendido. Tenía la cabeza sobre una valija y un pie enorme sobre otra, y deliraba.

Observó la tumefacción del pie, de la alforja sacó musgo, yesca para el fuego de maderas húmedas, una navaja, unas yerbas apelmazadas semejantes a la cabeza y a las barbas del hombre enfermo. Seguía la lluvia. Entró el caballo en la cabaña. Deliraba en francés, delirios de grandeza si se prestaba atención. Buhonero, se dijo. Extraviado. Una ordenada formación de peinetas, hilos de coser, botones se le reveló en erróneos rayos X dentro de la valija que servía de almohada.

Para él era fácil inmovilizar una pierna con una mano, abrir un absceso con una navaja. Cuando la lluvia paró sacó a relucir una honda y también fue fácil echar abajo unos pájaros cerca de una cascada que se precipitaba igual que el saltimbanqui en su última prueba entre dos edificios. Los asó. Y al ponerse el sol entreabrió una de las valijas —la del pie— y extrajo unas telas de colores en las que envolvió al enfermo dejando al aire el pie. Así los encontró la noche, dos paquetes de la misma estatura, uno con algo de evento deportivo, otro con algo de eclipse lunar, el sombrero negro sobre la cara, dormido.

—¿Quién es usted? —se oyó decir al otro día en español deforme.

Olaf retiró el sombrero de la cara, lo miró sin responder.

—Me picó un escorpión —explicó el otro y un nuevo escorpión pareció surgir en su regazo tal fue su sobresalto—. Usted… ¿ha hecho esto? —Y recogía y retiraba las telas envueltas en sus piernas y las enrollaba y las ocultó a sus espaldas con calma y severidad—. Ha abierto la maleta…

En silencio Olaf desplumaba una nueva tanda de pájaros —guardó las plumas atadas en su alforja—, callado preparó y fumó su cigarrillo. El agua seguía cayendo. Y siguió cayendo.

Eso permitió que en los días que siguieron tuviese tiempo para dedicar a un tipo de acontecimiento familiar su atención. Una araña armó tela en el único hueco aislado del goteo y del humo. Las gotas, por su parte, gregarias o independientes, bajaban en chorros por las piedras o saltaban, destello entre dos nadas. Fumando las miraba. Un helecho cabeceaba a cada gota. Emparentadas con mapas escolares subían las venas por las patas del caballo, orinocos y amazonas absorbidos en un ijar, que reaparecían como gruesas ramificaciones por la barriga de respirar pacífico. Igual que los soldados que pasan horas en actitud de descanso esperando el momento del desfile, los cascos alternaban su postura. A ciertas horas, la estercolación era un vaho vano que hablaba de praderas; más temprano, la espuma había recordado cervecerías.

Paraba la lluvia. Corría a cazar, a hachar, a buscar agua, a agregar ramas al techo, a amontonar forraje, a arrimar piedras a los muros. Y el Pacífico centelleaba entre dos cimas como el peto de un marinero de music hall.

El enfermo había sacado un peine del bolsillo y durante ratos interrumpidos por descansos en que cerraba los ojos y el sudor le chorreaba por la cara se desenredó la cabellera y la barba. Su pensamiento lo absorbía. Sin pestañear miraba hacia un panorama imposible de imaginar. Olaf le administraba un brebaje, cambiaba emplastos bullentes sobre su pie, y él obedecía sin comentarios. A veces lo observaba trabajar. Viéndolo guardar tabaco quemado en una bolsita de lana le preguntó —una hermosa voz grave— dónde había aprendido a curar.

—Lo principal con los alacalufes —y agregó, quizás por fórmula—, ¿los conoce?

Pregunta de efecto inesperado pues el otro enrojeció hasta parecer oscuro y contestó altivamente que conocía cuanto se suponía que debía conocer al respecto. Olaf siguió cargando su pipa, la naturaleza hizo su comentario en forma de aguacero, y el caballo a su vez con un acorde que sonó burlesco.

Después hubo silencio hasta que vino la noche, y solo las brasas casi inexistentes revelaron el hornillo recién construido, mientras la niebla envolvía los árboles y las montañas. En la oscuridad Olaf desaparecía. El enfermo en cambio se removía, suspiraba. Por fin habló. Sus palabras dibujaron una entidad poco previsible; el buhonero se esfumó; pero ninguna forma pudo reemplazarlo en la imaginación de Olaf a no ser quizá y provisoriamente la de un maestro de escuela azotado por un exceso de mala suerte:

—Señor, hay vidas en las que, o bien la intensidad de experiencias demasiado tempranas o bien un natural tranquilo hacen posible esa absorción en el presente que es el mayor tesoro de la infancia, de la vejez, y de las existencias consagradas a la contemplación. He visto con la mayor admiración sus habilidades, con la mayor envidia su calma. Por mi parte... estoy afiebrado y débil. Quisiera... en fin, ciertas circunstancias me obligan a preferir escuchar a hablar. Le agradecería que me narrara algo que abrevie estas horas de oscuridad obligada. ¿Le es posible por ejemplo decirme las razones que lo han impulsado a visitar esta región?

—Sí —dijo Olaf después de pensar un rato—. He venido para ver el océano Pacífico.

Siguió un silencio bastante largo.

—Es posible —dijo después la voz en la oscuridad—. Por varias horas, debo confesarlo, tuve contra usted las peores sospechas.

—¿Por haberlo curado?

Cuando volvió a sonar la voz tenía un trémolo que sugería un nuevo rubor.

—Sé agradecer, señor. Tal vez no imagine usted hasta qué punto su caridad puede encontrar premio en un mundo más cercano que aquel al que solemos remitirnos cuando se trata de premiar la caridad... O tal vez lo imagine. Sí tuve sospechas gravísimas. Pero la inocencia del episodio de... del envoltorio. Me refiero a su elección, como elemento de abrigo... Perdóneme si todavía no puedo ser con usted todo lo claro que mis sentimientos me impulsan a ser. Estoy esperando. Hay una fecha después de la cual... todo será evidente.

Cuando algo le resultaba comprensible, Olaf callaba; si le resultaba incomprensible, también. Fue lo que hizo. Para interrumpir la nueva tensión salió a comprobar la tranquilidad del caballo. Al volver y sentarse sobre el apero de montar habló con el exceso de paciencia de la nodriza que se inclina sobre un niño que no puede dormir.

—Hace unos años, cuando venía en barco, me tocó viajar con un grupo de gentes para mí extrañas. Sacerdotes italianos. Uno de ellos me contó una historia. Durante una tempestad (hubo tres) decía: «esta tempestad es por causa nuestra, mía y de estos otros, pero no naufragaremos». Los muebles resbalaban y chocaban, la gente rezaba, vomitaba y lloraba, él seguía contando, yo escuchando. Su historia trataba de un sueño. Lo había soñado un hombre que según creo vive todavía. A causa del sueño todos esos sacerdotes se habían puesto a cruzar el mar. A mi vez los seguí, al menos al principio. Si quiere puedo contárselo tal como lo recuerdo.

Para contar, Olaf debió zambullirse en busca de palabras hacia los abismos de su silencio, y a veces se quedó en ellos con aire tan definitivo que solo una brusca pregunta lo hizo salir.

El soñador, dijo, se había encontrado en una región salvaje, llana, de remotas montañas, por la que hombres vestidos de pieles cazaban y guerreaban. Los vio pelear contra soldados vestidos a la europea, vio los cadáveres, sentía el olor y el viento. Un ejército de hombres se aproximó desde el horizonte con flameantes hábitos de congregaciones religiosas. Los salvajes los descuartizaron. Pedazos de su carne chorreaban de las picas. Nadie veía al soñador, que temblaba. ¿Cómo convertirlos? pensaba. Otra multitud de clérigos apareció desde el horizonte como respuesta a esa pregunta e innumerables jovencitos la precedían. Al ver sus caras reconoció en la primera fila a sus amigos, o sea a los sacerdotes que rodeaban a Olaf en el barco. Se abalanzó a detenerlos. Pero los gigantescos salvajes dejaban las armas, se aproximaban con caras alegres. Final: clérigos e indígenas arrodillados en círculo cantan un himno con tal clamor que el soñador despierta. Despierta y reúne a sus seguidores. Era un montañés forzudo, barrigón, pero se estremecía al contarlo. Y todos se estremecían escuchándolo. Se llamaba don Bosco.

Olaf atendió a la respiración de su enfermo, y en vez de encontrarla en el ritmo que conduce al sueño la oyó tan agitada como si fuera él don Bosco y acabara de soñar aquella historia. Buscó en la alforja el cabo de vela. Al encenderlo lo vio con la cara entre las manos, que retiró al notar la luz. Pero su pecho subía y bajaba. Volviéndose hacia Olaf le preguntó si contaba la verdad. La verdad pura, dijo Olaf pegando el trozo de vela en una saliente.

—¿No olvida usted algo? ¿Vio algo más aquel hombre?

—Que yo sepa, no.

—Pues entonces —dijo sentándose de un envión—, debió haber visto mejor.

Amaneció, la ristra de pájaros asados cobró cuerpo sobre la pared en un resplandor de jalea que tiñó de rosa el pelo del que dormía y tiñó de rojo los brazos cruzados bajo la nuca, la barba, la mirada insomne del enfermo fija en el techo.

A otras horas, después de meditar con la nuca sobre la valija, volvió a hablar:

—Me dice usted que sus amigos del barco dejaron todo y se pusieron en marcha sin otra base que un sueño de su fundador. ¿Es así?

—Es así.

—¿Lo juzga posible?

—Lo juzgo normal.

—Entonces ¿juzgaría normal que otros hombres, otro grupo de hombres valerosos se atreviera a la más importante y riesgosa de las empresas fiado solamente en el sueño, en el sueño lúcido, despierto, en el sueño completado y alimentado por incontables horas de insomnio dedicadas al estudio y a la afinación de detalles de un hombre de clarividencia especial?

—Por lo que sé de los seres humanos eso es algo común.

—No puedo explicarle más por el momento. Pero le hago una propuesta. ¿Estaría dispuesto a participar en esta acción, en este sueño, en esta empresa comparable a las más espléndidas empresas que el coraje humano, la visión superior y una idea esclarecida del término patria nos han mostrado? ¿Una empresa para la cual el nombre de Alejandro Magno no es todo lo adecuado que podría ser otro, salido de la nada y por sí mismo engendrado y ensalzado, el nombre de Napoleón Bonaparte?

Olaf apoyó las manos en el hueco que hacía de puerta y se inclinó hacia afuera. Así inclinado podía ver el triángulo isósceles del Pacífico, peto de marinero que a esa hora crepuscular pasaba a sonrosarse transformándose en el corsage de la equilibrista que, una sombrilla en una mano, prueba con piernas musculosas la resistencia del cable que le marca las plantas de los pies. Dentro de unos instantes el rojo girasol de la sombrilla se inclinaría hasta tocar la cuerda para hundirse detrás de ella con una irradiación de chispas. Pero Olaf desde épocas tempranas había aprendido a discernir el labio hinchado y el diente de menos bajo la diadema de perlas de cotillón. Algunas gotas desprendidas de las hojas cayeron sobre los espesos mechones de su pelo echado hacia adelante.

—Señor —dijo sin abandonar esa postura, los brazos plegados en hercúleos dobleces, los ojos puestos en la rosada pirueta vespertina que a lo largo de toda esa costa hasta mucho más arriba del Ecuador despertaba un revoloteo de bronce en campanarios techados de tejas—. Mi madre se mató cuando yo era niño. Estoy seguro de que cierto tipo de decisiones desencadenan series de acontecimientos de índole negativa. Por lo que veo, me estoy contagiando de su modo de hablar. Para ser breve: mi concurso no es favorable, así que no me presto a asociaciones. Ando solo porque es mejor así.

Como si tantas palabras de carácter personal hubieran agotado algún filón sacó el puñal y se puso en cuclillas para revisar los cascos de su caballo. Su amigo se apartó con mano lenta pero trémula algunas largas guedejas de la frente.

—*The wandering Dutchman* —dijo, con acento francés tan marcado que no se comprendió ni una palabra.

Voces varoniles, tintineo de frenos se oyeron. Olaf retrocedió y el enfermo lo vio gatillar un revólver. Pero las voces sonaban alegres y esa alegría alzó como en vilo al hombre decaído, insufló entusiasmo, emoción a su fisonomía y a su voz cuando saludó. Seis hombres que hablaban en francés entraron, se detuvieron al encontrar un gigante de poncho lleno de cruces blancas sentado en un rincón, hasta que fue presentado y sus tareas encarecidas, Olaf vio desempacar provisiones, oyó hablar de una carta del cónsul. Un gordo vivaz, enterado de su conocimiento de las lenguas indígenas clamó por su colaboración. Un mestizo entró agachado trayendo una cantimplora que chorreaba agua.

—Buenas noches, Rosales —dijo el enfermo con dignidad extraordinaria.

—Buenas noches don Antonio —dijo Rosales inclinándose ante él—. ¿Me han dicho que sufrió un accidente?

Olaf cortó la mitad de la ristra de pájaros asados y la metió en su alforja. Después ensilló el caballo con la abstracción tranquila de un planeta que retoma sus revoluciones después de un leve tropiezo sideral. Pero el enfermo se incorporó, y usando el bastón que él le había preparado en tardes anteriores salió a hablarle.

—Señor —dijo—. Es posible que dentro de muy pocos días comprenda con quién ha convivido. También es posible que tenga necesidad de mí en algún momento, así como yo he tenido necesidad de usted, y aún la tengo, pues no estoy repuesto. En ese caso hágame llegar esta moneda.

Sacó una extraña moneda del bolsillo y la rayó con un clavo.

—Una cosa le ruego: no mencione este encuentro por ahora.

—No lo voy a mencionar.

El enfermo lo retuvo todavía:

—Usted me explicó que había combatido la acción venenosa del escorpión usando polvo de escorpión triturado. ¿Nunca consideró la posibilidad de que cierto tipo de fuerzas se conjuren, no evitándolas sino utilizándolas de algún modo? Yo lo necesito. Lo necesita una empresa muy vasta. Piénselo. Y piense que tal vez usted necesite también de nosotros.

Olaf sonrió.

—Gracias —dijo como si dijera no gracias—. Permítame que yo también le recomiende algo: cuídese de ese tipo, ese Rosales.

Su nuevo amigo quedó allí, apoyado en el bastón, y el viento del Pacífico movía su barba y su melena con una ondulación majestuosa.

En su descenso hacia la costa trabajó en varios lugares. Cuando salía del último dobló un recodo y vio el Pacífico entero, el cielo encima, un doble alarido. Y a sus pies, del exacto color de las turquesas vio un lago. Y entre el lago y el Pacífico un trébol dibujado por una muralla de piedra y por un foso que echaba puntos de luz. Dentro había dos grupos de poblaciones y un corral lleno de ovejas, uno por pétalo. Y como la dulzura del polen se levantaba desde el centro un toque de campana. Gentes del tamaño de insectos salían de las casas y entraban en ese centro, que era una capilla. Y los caballos y los carros se veían como juguetes.

Un embarcadero entraba en el mar, tallo del trébol, otro más breve entraba en el lago.

La sombrilla de la equilibrista bajaba una vez más hacia el cable azul de su pirueta vespertina sembrando de toques las cabezas movedizas de los espectadores a ambos lados de un pasillo rojo. Pero en vez del tambor que señala el máximo de la tensión apareció el silencio al callar la campana. En silencio pues se puso el sol. Envuelto en el rezago de sus gasas bajó Olaf la cuesta. Tres arcos de piedra lo recibieron detrás de un puente levantado, y con letras oscuras leyó Las Tres Marías. De modo que llamó con tres toques de campana. Un ser contrahecho contestó con un grito y el puente bajó.

Entró en el gigantesco patio trialveolar en el momento que terminaba la oración. Los harapientos que salían de la capilla tenían algo de tripulación diezmada; vio mancos, rengos, tembleques, un gigante que saltaba apoyándose en una muleta de palo. Después un pelotón de criadas casi descalzas de largas trenzas negras o cenicientas salió a su vez. Por fin lo hizo con paso enérgico una pequeña mujer de curvas de perdiz, vestida de seda negra. Pendientes de filigrana de oro se hamacaban casi hasta sus hombros cayendo desde el interior de dos bandas de pelo como alquitrán recogido en la nuca. Tras ella, con paso lento de rey ciego, salió una enhiesta vieja de nariz que reclamaba a gritos la sombra de un casco de conquistador.

Las fue rodeando la oscuridad de la capilla a medida que se apagaban dentro las velas, y la vieja levantó la voz que tenía una vibración de cañones:

—¡Escuchen! —Y se arremolinaron aquellos peones en un vaho acre—. ¡Hoy se cumple un año que estamos solos, solos con nuestro valor, sin más protección que la de nuestro coraje y la del Señor! Hoy hace un año que el último defensor de nuestras vidas y de nuestra civilización murió luchando como un héroe: les hablo de don Diego, el último de mis hijos, y ustedes han llevado flores esta mañana a su tumba. ¿Cuántas batallas vencimos en este año? ¡Cinco! ¿Cuántas veces nos sitiaron sin agotarnos? ¡Tres! Y aquí seguimos.

Una ovación saludó la arenga.

—Eso no es nada. Ustedes ya han oído las novedades. El enemigo se ha vuelto fuerte. Pero mañana tendremos noticias. Y si tardan más tiempo en llegarnos poco importa. ¿No resistimos hasta ahora? ¡Viva la patria!

Fusiles alzados respondieron. Al aplacarse el bosque de brazos los ojos de la vieja encontraron la cabeza de Olaf desmontado, tan alta como la del caballo.

El capataz se acercó a él, y la pequeña dama de ademanes vivos, vuelta de espaldas, regañaba a las criadas.

—¿Sabe arreglar techos? —preguntó el capataz. Olaf se dijo que de un tiempo a esta parte no hacía más que arreglar techos.

Así se vio suspendido sobre el interior de la casa, inclinado encima de un salón con algo de caja de bombones cuajada de retratos varoniles en marcos de ébano. Visto contra el cielo, un cúmulo como una almohada expandiéndose a tres mil metros de su cabeza y nimbándola, Olaf escuchó a la vieja hablarle de aquellos retratos: «Mi hijo mayor. El menor. El tercero. El segundo. Todos enterrados en el jardín de boj; veinte años de luchar contra los indios. Mi sobrino. Mi hermano. Otro sobrino. Mi marido». Señalaba como un director de orquesta y cada retrato emitía su nota, heroica o fatal. Olaf había apartado las tablas que cubrían los huecos del tejado y rieles de luz se estrellaban contra la seda y hacían palidecer aquellas fisonomías con un espolvoreo de alas de mariposa que las descomponía en una insinuación de estornudo o de sonrisa al menos.

Montado allí arriba vio el Pacífico y sus zarpas que parecen querer arrebatar algo de la costa. Cuando la vieja dama y su nuera aparecieron en un jardín de setos de arrayán junto a la muralla y derramaron flores sobre cuatro tumbas de piedra recordó su diálogo matutino con la cocinera. Él bebía café con leche en un tazón de borde azul en el que sobresalía una marca de tres estrellas.

—Hay dos señoras —había dicho—. Falta una. ¿Dónde está?

—¿Qué sabes tú? ¿Quién te lo dijo?

—La taza. ¿No hay tres Marías?

—Las Tres Marías están en el cielo, buen mozo. Pero aquí falta la señorita, y vendrá cuando la guerra termine.

Un sonido brusco de campanas había lanzado a todo el mundo a trabajar.

¿Qué más había visto desde el tejado? Una biblioteca adornada por opalinas verde pálido sobre una alfombra verde, y en ella los zapatos más lustrados del mundo, propiedad de un caballero con ojos de uva vestido de pies a cabeza como para salir a almorzar a un club. Asombrado por el sol levantó los ojos y aquel gigante encabalgado lo dejó estupefacto. Luego enrojeció hasta que su calva tuvo el brillo de un pedazo de hígado. Se inclinó saludando, sacó el reloj de cadena en forma de espigas yuxtapuestas que cruzaba su vientre, un vientre redondo como un huevo de dinosaurio al pie de un muro, todo revestido de lino y alpaca de lo mejor. Un vaho de agua de Colonia al limón subía.

Olaf se volvió hacia la escalera de mano para buscar más tejas. Su mirada se cruzó con las dos damas que volvían de las tumbas, y pareció que el rubor del caballero de la biblioteca hubiera atravesado las paredes para rebotar en la pequeña cara enérgica de la menor.

La vieja se detuvo a hablarle.

—¿Cuándo termina?

Todo dependía de los techos, contestó.

Dependía de los techos y él pendía de los techos, y donde él arreglaba la anciana dama hacía cubrir los suelos con mortajas de lino.

Desde las vigas del comedor presenció cómo el camino de criadas con fuentes daba la vuelta a la mesa y levantaba los ojos hacia él cada vez que podía. La anciana ocupaba la cabecera y hablaba de la muerte de su hijo Pablo, «dejó de sentir el cuerpo, rotura de la base de cráneo, ¿verdad?», la muerte de su hijo Antonio, «nada peor habrá que quedar abandonado en el campo. ¡La sed!», la muerte de don Diego «ensartado por el estómago en plena carga y alzado en el aire como una bandera». «Como un chorizo» murmuró una mulata riendo al desaparecer con la fuente hacia la cocina, y el médico de la casa cubría con lentos párpados los ojos de uva fingiendo aquiescencia, mientras debajo de la mesa sus zapatos se entrecruzaban en una danza de angustia. La señora vestida de seda alargaba las manos hacia las copas de agua y sus anillos chocaban con un sonido frío.

Cada mañana Olaf aguardaba frente a su tazón de café y cinco panecillos calientes que llegara la hora de trabajar. Al alba se oía la voz broncínea de la vieja señora repartiendo obligaciones. Pero había que esperar a que despertara la nuera. La cocinera decía:

—Es peruana la señora menor. Hay que entender.

—¿Entender qué? —decía Olaf.

—Peruana es princesa.

A las diez una vieja negra, y también peruana, preparaba las piezas de un desayuno sobre una bandeja plateada.

—Todo era plata y marfil para ella —decía la cocinera—. Se los llevó la guerra.

Esperando que esta ceremonia se cumpliera Olaf leía los diarios viejos amontonados bajo la cocina. En uno descubrió la reproducción de una carta aparecida en diarios de Francia: Orellie Antoine I, rey de Patagonia y Araucanía, solicitaba técnicos para una «vasta empresa». Cabeza de una monarquía hereditaria, llamaba a ingenieros, médicos, geólogos de «alta ambición» que quisieran poner a prueba sus capacidades en esta empresa de «proyección estupenda». Seguía un retrato del territorio, sus medidas y ríos y lagos y yacimientos de metales y costas y número de habitantes. Hablaba de un paralelo, en el que cesaba la jurisdicción de Chile. Terminaba con un llamado al gobierno de Francia. La noticia venía envuelta en indignación. El parlamento chileno se había reunido; el ministro de Relaciones Exteriores había hablado con el embajador francés. Olaf repitió algo que venía haciendo a menudo en los últimos tiempos: sacó del bolsillo la moneda rayada con un clavo, y consideró la efigie, la melena, la barba, las letras de un nombre.

Una mañana empezó a arreglar los techos de un dormitorio. Vio cúmulos de almohadas en un cielo rosa de alfombras con guirnaldas, como el reflejo en un estanque del paisaje celeste que se abría detrás de él. Había un tocador de tapa de mármol, floreros, una lámpara de plata pendiente de cadenillas.

La dueña de la alcoba entró y cerró con llave de hierro. Entornó los postigos. Soltó su cabellera, se quitó los pendientes de filigrana de oro y los dejó sobre el mármol, desabrochó su vestido de seda que cayó entre refajos. Sobre la alfombra quedó desnuda, un matiz de ámbar en toda su palidez y un escudo de líquenes. Alzó los brazos —reiteración de liquen— tal vez para desparramar con más holgura su cabellera, y levantó los ojos hacia Olaf.

Olaf recogió la escalera de mano, la dejó sobre las tejas, saltó.

Aquel mundo los albergó muchas veces. La dama se llenaba de alhajas, envolvía sus perlas al pescuezo de Olaf, lo ungía de aromas. Brazaletes salían de un cofrecito escondido bajo el suelo. En las barras de luz que caían del techo las motas de polvo se encabritaban y subían al azul.

Un comandante de jinetes llegó un día en un remolino de tierra sobre un caballo exhausto. Bañado y los bigotes engomados participó de la comida. Olaf suspendido sobre el salón escuchaba de vez en cuando las idas y venidas de la charla.

Que tomó giros que le interesaron. Se descolgó en la pieza del militar, encontró una carta que se guardó, salió como entró, ajustó unas tejas, siguió trabajando. La carta decía: «Como le manifesté en mi hultima zigo paso a pazo los pasos del Inzurreto Etranjero que ba para el sur y abrá 10.000 en la reunión de Pajonales. Lo zaluda respetuoso como siempre Rosales».

Los encuentros con la dama duraban cada vez más. Ella tenía una imaginación febril, recién inaugurada. Lloraba a veces. «¿Por qué no te vas de aquí?» decía Olaf. «Me quedo por mi hija. No sabes lo que son estas tierras de ricas y de vastas. Son como patrias. Solo por ella me quedo». «No lo creo» decía Olaf. «Ella merece todo. Vivirá como una reina. No como yo».

Quedaba desfallecida y Olaf subía tambaleante a los techos. La suegra notaba ojeras en la nuera, el médico recetaba tónicos que ella bebía en la mesa, imperturbable.

Arañado y mordido se complacía en verla pasar hacia las tumbas llevando flores, o comer, hierática, frente al médico que debía inclinarse a curar manos retintas, barrigas achicharradas, mientras la turba de sirvientas que lo acosaba en las cocinas miraba su figura circundada de luz solar y le mandaba guiños y besos.

La mañana que decidió partir había nubes de tormenta. El Pacífico había arrebatado el día anterior a un muletero con su mula. Viendo las olas contra el embarcadero de piedra recordó un poema. «Pero ¿quién ha inventado el corazón humano?».

Decidió partir porque descubrió que estaba esperando la vuelta de la señorita.

Diez tejas más, pedir la paga, marchar al sur.

—Tarda usted mucho en su trabajo.

—Tengo que irme, señora.

Hubo una discusión hecha de órdenes por un lado y silencio por el otro.

Volviendo de la ceremonia de las tumbas la pequeña dama le dirigió la palabra con altivez delante de la suegra:

—He sabido que se va, ¿piensa dejar así el techo de mi alcoba?

«No te vayas —sollozó más tarde—. ¿Quieres dinero? ¿Qué es lo que quieres?».

—No quiero nada. Tengo que irme.

Perdidos en el universo de las almohadas se demoraron en la despedida. Cuando él entreabrió los ojos algo que no correspondía a la alcoba se veía allí. Una figura de huso, observándolos. No era el espectro de un marido. Era la suegra.

Olaf se incorporó, mirando a la llave de hierro que no había actuado. ¿Qué va a pasar? era su pensamiento.

La pequeña dama emergió suspirando, toda sonrosada, y vio a su suegra, una inmóvil figura un poco boquiabierta, y primero gritó, pero luego saltó y se puso de pie sobre la cama, desnuda y alhajada, y se echó a reír con las dos manos sobre las caderas.

—¡Vea lo que tiene que ver, pues! ¡Y muérase de envidia!

Se mostraba, hermosa, con sus curvas de perdiz, y mostraba a Olaf sudoroso.

—¡Estas joyas escondo para que no me las vuelva cañones! ¡Y para que mi hija herede algo más que huesos enterrados! ¡Y salga de esta habitación que es mía! ¡Fuera de aquí!

Retrocedió la vieja, se le veía el borde de los dientes, santiguándose lentamente. La pequeña dama se abrazó a Olaf echando atrás la cabeza: «Sigamos».

Un vendaval se levantó esa tarde. Dos tejas cayeron sobre el mármol del tocador rajándolo. Olaf subió al techo sin acabar de vestirse, y el vendaval abolía las copas de los árboles, volaban ramas, escapaban entrechocando tablas y chapas, había gritos. Luchó para cubrir el hueco del tejado. Oyó voces que llamaban del lado del mar.

Un barco saltaba junto al embarcadero. Los hombres revoleaban lazos que los marineros cogían al vuelo y arrollaban a pitones de hierro. Azotados, los caballos tiraban de los lazos, y crujía el cuero de sus monturas. El barco se zarandeaba, iba a romperse contra la piedra, repicaba la voz suelta de su campana. Pero otros hombres corrían —rengos, mancos, a trompicones— acarreando fardos de pasto que echaban al mar, entre el embarcadero y el barco.

Olaf arrebató un lazo, lo revoleó, enganchó la proa. Hubo un alarido de aplauso.

Un marinero con algo de morsa salió llevando en brazos una figura envuelta en mantas. Atado a la cintura traía un cable, iba a saltar. Subía y bajaba sobre el horizonte la silueta de ambos.

—¡La señorita! —gritaban todos—. ¡La señorita!

Olaf entonces saltó hasta él, le arrebató la figura, tan liviana, volvió a saltar al muelle, trastabilló y resbaló, pudo mantenerse. En el viento la madre y la abuela eran un volar de chales, y se agitaban todas las sirvientas en torno de una litera de cortinas que crepitaban. Allí depositó Olaf su envoltorio.

Después buscó el caballo en los corrales desiertos y ensilló dentro de un galpón. Cuando el viento calmó el capataz le trajo su paga.

—La señorita quiere darle las gracias.

Lo siguió pues, por corredores oscurecidos a causa de la oscuridad del cielo, hasta una alcoba que nunca había visto, con una imagen en un fanal de vidrio. La cama tenía multitud de almohadas y exánime sobre ellas, envuelta en rebozos, esperaba la señorita. Olaf le besó la mano, galantemente. Era una pequeña jorobada.

Al caer la noche, en un cobertizo se cocinaba unas salchichas. Eran regalo de adiós de la cocinera de Las Tres Marías.

La reunión en Pajonales teñía el cielo, tanto polvo alzaba. Chorros de jinetes desembocando a la carrera manejaban lanzas de seis metros como si fueran plumas. Un hedor envolvía a la muchedumbre, magnificencia de mantas y de ponchos, de platería trabajada en eslabones planos y medallas que el sol hacía brillar como ventanas de ciudades, debajo de banderas que flameaban unos colores que Olaf encontró familiares.

Subía una ladera, y nadie se atrevía a hablarle o detenerlo.

Desde un peñasco vio a los jefes que asistían. Como la elocuencia se medía por extensión, a cada discurso la sombra de las piedras había variado completamente de sitio; el viento se llevaba la mitad de las palabras; frentes carnosas, de color canela, se humedecían; los caballos respiraban con ruido.

Trepado a un árbol pudo ver al monarca y era como si los Andes formaran el respaldo de su trono de pieles y mantas azucarado de nieve. Vio su melena, su barba. Vio su magnífica estatura cuando se levantó a su vez a hablar, un manto prendido de los hombros, bajo las banderas que chasqueaban al viento. Aquellos seis hombres que llegaron un atardecer estaban a su alrededor, vistiendo ponchos. Rosales le alcanzaba unos papeles.

La voz que había repetido: «¿Está usted seguro de que no vio nada más en su sueño?» ahora cobraba sonoridad de trompeta marina, y habló a la multitud sobre Confederaciones y sobre Imperio.

Se ponía las manos a la espalda y balanceaba un poco el cuerpo de adelante hacia atrás, de la punta de los pies a los talones, mientras hablaba.

Apareció la estrella de la tarde. Vino el frío de los Andes. El Pacífico brillaba. Las banderas cayeron flojas al caer el viento. Olaf recordó sus colores: las había usado para envolver las piernas de un hombre en una cabaña, y no pudo menos que sonreír: «La inocencia del episodio del envoltorio…».

Cuando el monarca terminó de hablar había salido la luna. Después de las ovaciones empezó la bebida, gritos, antorchas, carcajadas.

—Tengo que irme —se dijo Olaf—. Debo irme ya, y lejos.

Su caballo lo miraba.

Desobedeciéndose y desobedeciendo al caballo avanzó, brida en mano.

Una triple hilera de jóvenes que olían a grasa de potro, armados de fusiles o de lanzas, lo detuvo; eran hercúleos pero algunos le llegaban al codo. En extraño español fue conminado a entregar sus armas. Contestó en araucano que traía un mensaje para el emperador.

Hubo un silencio.

—Entréguemelo —dijo el que mandaba.

—Dile al emperador que quien envía esta señal queda aquí esperando.

Entregó la moneda y fue a sentarse bajo un árbol.

A la media hora el joven volvió a buscarlo.

Avanzó por un campo lleno de fogatas y figuras que se inclinaban sobre ollas de bebida, charlaban, reían a carcajadas. Penetraron en un sector donde sonaba un arroyo. Otro grupo de tiendas se veía, iluminado con una claridad apacible. En la principal, una hilera triple de guardias parecidos a los primeros estaba inmóvil.

El monarca se levantó al verlo llegar. Lo abrazó y besó en las dos mejillas, a la francesa. Se levantaron también los seis ministros. Rosales esbozó una venia. Se le hizo sitio junto al emperador, y comió y bebió en silencio mientras el grupo de franceses comentaba la jornada.

En otra tienda, enorme, se preparaba un banquete. Precedidos por antorchas se veía avanzar a los jefes de las delegaciones de todas las tribus de los dos lados de los Andes. Fue invitado a acompañarlos. Agradeció.

—Prefiero quedarme —dijo—, si es posible.

Allí quedó, la cabeza sobre la alforja, durmiendo mientras los discursos cubrían la voz del arroyo, y mientras el alboroto del festín en la planicie se volvía alaridos, y al fin se apaciguaba y todo era silencio y empezaban a oírse los gallos y los perros.

Desayunó con el emperador.

—Doctor Borg —comenzó este, y Olaf enrojeció como si un surtidor de sangre hubiera saltado desde su corazón hasta su cara.

—No me llame así Vuestra Majestad.

—¿Cómo tengo que llamarte?

—Si es necesario me llamo Olaf.

El emperador de Patagonia y Araucanía le pidió un plan de salud para sus súbditos.

—Tú sabes de qué se enferman y de qué se mueren, los remedios que aceptan, la nutrición de que carecen, con qué la suplen, a quiénes obedecen.

Olaf estudió la Constitución y admiró las leyes del Imperio. «Amplitud, humanidad» hubiera podido decir, pero no dijo nada. Había sido creada por el Emperador. Sentados en círculo alrededor del fuego, los ministros respondían a sus preguntas, Olaf tomaba notas.

Se puso a trabajar.

Cuando el proyecto estuvo listo lo resumió durante el desayuno, en una de esas exposiciones mechadas de silencios que el emperador por lo visto había aprendido a comprender.

—Mi trabajo es una nada comparado con el saber de las hechiceras. Antes de que entrara en esta tierra el alcohol... prodigios. Los secretos que ellas se transmiten... Ojalá que algún médico hubiera podido tener el privilegio... Que no se las combata. Que sean los aliados del Imperio, tanto o más que los jefes. Y que sean los delegados sanitarios. ¿Hay alguna que se destaque?

—Sí —dijo el emperador—. Ha venido. Mañana iremos a hablarle.

Un triángulo similar al que formaba el Pacífico desde la cabaña pero invertido se abrió en la tienda y parió la figura de Rosales, que se inclinó delante de ambos.

—Majestad: me han llegado informes de movimiento de tropas en la frontera. Tendría que partir esta misma noche para traer los datos exactos.

—Salga mañana temprano.

—Como usted diga, don Antonio. Pensé que esta noche era...

—Mañana temprano.

—Como Su Majestad diga.

Desapareció reabsorbido por el triángulo. Entonces Olaf sacó del bolsillo la carta robada de la cartera del militar y la alcanzó al emperador, que enrojeció mientras leía y se quedó mirándolo.

—Nunca olvidé su prevención de aquel día. Pero esto...

Pensó otro rato y sonrió.

—Dejémosle que vaya, y a su regreso...

—Habría que matarlo hoy, pero...

Con esa dilación, el emperador acababa de decidir su derrota. Olaf, su muerte.

El clamor de la mujer allí trepada era como cacareado por las nubes, tan bajas, que anunciaran el huevo inminente a punto de estallar sobre los reunidos, el emperador, sus hombres, Olaf, pero sobre todo la multitud de caciques de la confederación y sus pueblos, caballos, perros y gallinas en el polvo que parecía electrizarse lentamente; y los puntos de luz sobre las hojas correspondían a los trazos de luz sobre el Pacífico, a la anchura de luz sobre los Andes muy arriba y los cóndores relajados en el aire. Clamor o melopea o baile de oso encima del tronco de peldaños hachados y del arbusto, árbol del universo.

La mujer que muchas damas no hubieran querido para cocinera sacaba una voz como de dragón o de ente.

Pero no era la única. Estaban las hechiceras de uno y otro lado de los Andes, arrugadas cabezas de manzana asada ceñidas de lanas y de plata. Una era hermosa y blanca, y tenía las mejillas tan rojas que parecían lastimadas. Hombres había también, señalados por vocaciones terribles y súbitas, andróginos como viejas de cráneos liados.

Cantaron todos, los instrumentos en las manos, y fueron tomados por la presencia que anunciaban las nubes y que se explayó en ellos: dejando el suelo se elevaron, volaron. Se agitaban sus gordezuelos pies bajo las mantas de colores cuando avanzaban por el aire y se embestían. Una sacó la lengua, otra se la arrancó y la llevó en el puño como serpiente retorcida, una a otra se quitaban las narices y las intercambiaban, se extraían los ojos de las órbitas y se los arrojaban y los recogían en las manos y se los volvían a colocar ante la multitud de cabellos parados de terror, el emperador pálido pero impasible, Olaf de labios incoloros. Uno de los ministros vomitó recatándose detrás de un arbusto.

Trajeron los enfermos, los contrahechos, los moribundos en angarillas. Allí se vio extraer vísceras chorreantes, intestinos como pálidos gusanos ser lavados y curados y las heridas cerradas sin rastros. Humos se arrastraban entre los cuerpos.

Pero la principal allí arriba se mantenía sin volar y sin hacer pruebas, toda traspasada de algo que la volvía como cuarzo, baja como era y rechoncha, de carnosas mejillas marchitas y manos como panes de cuero.

En aquel estado y sin abrir los ojos levantó calmadamente un brazo y señaló hacia el emperador, pero ¿no señalaba a Olaf, de pie a su lado?

Olaf de ojos cerrados que sonrió y murmuró en araucano:

—Te vi en el sueño, madre, pero no es mi destino, y tú lo sabes.

Olaf que oyó en sus oídos:

—Pero todos te vimos descender desde el este y vimos el color de tu aureola de plata y oro. Eres tú, y no él. Veo su tumba sobre un mar que está lejos; veo las letras sobre la piedra que dicen su nombre. Hemos visto tu fulgor y tu paso bajando del este. ¿No nos volvemos cada día llamándote desde los siglos?

—No es a mí —murmuró Olaf, ojos cerrados—. Madre, no es a mí, y tú lo sabes.

—Podrías serlo con solo que quisieras —dijo la voz en sus oídos. Olaf se los tapó.

Cuando abrió los ojos las machis seguían volando y la Gran Madre de ojos cerrados seguía tambaleándose en el árbol compenetrada de espesa claridad.

Fueron a visitarla esa noche el emperador y sus ministros. Olaf no quiso ir.

—Necesitamos de un intérprete —díjole el emperador a solas, disgustado.

—Majestad, no faltaban intérpretes antes que yo llegara.

—Necesito que vengas. Te ordeno que vengas. Es tu programa, es tu consejo, eres mi ministro.

—No soy ministro, Majestad, y no estoy acostumbrado a obedecer.

—Entonces te pido que vengas.

—Y yo suplico a Vuestra Majestad que no me lo pida.

Así, quedó solo en la tienda, en un recatado fulgor de brasas.

Y como estaba solo vinieron las hechiceras a visitarlo. Vinieron en delegación, con tintineo de medallas como chapas sin dibujos ni grabados, descalzas, trece, solo tres hombres en el grupo. Conocía a uno de la ribera del Estrecho, de años atrás.

Sentado ante las brasas, la claridad de los mechones de su pelo saludó como primer signo. Su poncho negro y blanco fue el segundo. El triángulo isósceles de la entrada también los parió hacia adentro, uno por uno, y formaron un semicírculo frente al fuego. Olaf no hizo ni un movimiento de saludo.

Tres se adelantaron, una viejecilla cara de hueso, el viejo que fue su maestro, la joven de mejillas de manzana sangrienta. De todos aquellos seres emergía una fuerza que le empuñaba el corazón como tenazas. Pero él sostuvo su corazón. De esta manera y sin levantar la mirada del fuego recibió a los trece, sabiendo que lo veían interiormente humilde ante ellos.

—Eres tú —le dijeron— y no él. Te recatas detrás de él y es inútil que te recates. Desde los siglos te llamamos, de este lado y del otro de la montaña. Ha sido vista la claridad de tu cabeza y tu paso desde el este, por mar primero y luego por tierra. ¿Y ahora te niegas?

Olaf cerró los ojos. Hacía mucho tiempo que no lloraba. Esa noche lloró delante de las machis.

—Sé de qué me hablan, madres y padres. Les pido que se retiren. Les pido que me dejen solo. Obedezcan a aquel hombre y él los volverá una gran nación de nuevo. ¿Puedo confiar en esa sabiduría?

Así, se fueron las machis, algunas serenas pero otras mascullando maldiciones.

Cuando el emperador y sus ministros volvieron de su entrevista con la Madre Grande, Olaf parecía dormir pero lloraba. Y no sabía por qué lloraba.

—Despierta —dijo el emperador con voz brusca cuando estuvieron solos—. No es momento de dormir.

Olaf se incorporó pasándose la mano por los ojos.

—La Madre Grande no nos apoyará —dijo el emperador—. Esto es lo que he sacado en limpio de su covacha y de sus humos. Es un paso en falso, es un error diplomático por tu consejo, y sobre todo por tu ausencia. Me trajiste la carta de ese traidor, me salvaste la vida. Te debo doble gratitud. Y sin embargo te mandaría fusilar aquí mismo. Mira, tengo problemas, tengo problemas si quieres saberlo. No sé por qué se duermen en mi patria. El cónsul solo escribe vaguedades, y Francia está desdeñando transformarse de nuevo en el estandarte de grandeza que fue en el pasado. Comprenderás que sus colonias tienen la vida corta, los tiempos se terminan; lo comprendería cualquiera pero ella no lo comprende. Camina tercamente hacia su transformación en una pequeña usina; sus ciudadanos, siempre inclinados a lo necio por naturaleza y por vanidad, bullirán en una falsa ilusión de vida, charlando sobre inanidades, materia, ilusiones, recuerdos. ¿Me oyes? Pero eres sueco, y los escandinavos... Ah sí, tanto peor para Francia si solo aspira al caldero de su cocina y a la entrepierna de sus prostitutas para encender la fantasía del mundo. De manera que yo quedo aquí, Orellie Antoine Primero por la gracia de Dios y de mí mismo emperador de Patagonia y Araucanía. Ya no ofrezco en bandeja un continente a una nación imbécil de orgullo y de mediocridad. Paso a ser dueño y señor del continente del sur, rector de sus nieves y de su inmensidad, cabeza de sus guerreros, los más valerosos de la tierra. Pero llegará un día en que Francia, a quien veneran e imitan y de quien aprenden los espíritus más esclarecidos del Nuevo Mundo, habrá caído tanto que irá a los teatros de su propia capital a aplaudir a los más zafios, a los más innobles, a los más bastardos productos de las ciudades americanas, admirará la insulsez de sus canciones copiadas, delirará por la deformidad de sus acentos en su propia lengua. Lloro, sí. No me importa que me veas llorar. Lloro por Francia. Lloro en el momento de tomar para mí mismo y para mis herederos este territorio en forma de escudo, en forma de triángulo y de punta de lanza, que hubiera asegurado la plenitud y el esplendor de una tierra que ya nada sabe ni quiere saber de grandezas.

Olaf recordó un triángulo de vela blanca en el Mediterráneo, un triángulo de líquenes, dos triángulos de filigrana de oro como pirámides truncas abandonados sobre un mármol, un triángulo de lana rosa disimulando una joroba, un triángulo de agua de mar como un peto de marinero de music hall y como un corsage de equilibrista de circo, un triángulo gigante espolvoreado de nieve detrás de un trono, un triángulo que dejó pasar a un traidor, y que dejó pasar a una delegación de los pueblos del sur que solo pedían adorarlo y le ofrecían la tentación de la traición.

—Triángulos —dijo poniéndose de pie—. Triángulos. Triángulos.

El emperador creyó que estaba borracho. Y él creyó que estaba loco, porque de nuevo tenía ganas de ponerse a llorar como una criatura, y no sabía por qué.

—Majestad —dijo—, me voy esta madrugada a la isla de Chiloé. Soy fiel a todo lo vuestro. Pero soy un médico, y en la isla terminaré mi aprendizaje. Después anotaré en un libro todo lo que he aprendido, y os lo haré llegar para bien de vuestro imperio. Y para bien de todos, no volveré a veros.

Así se fue Olaf rumbo a la isla de Chiloé.

Cuando volvió habían pasado casi dos años, y traía anotado por temas y por enfermedades y por remedios, en triple lista, cuanto sabía. Dedicó el trabajo a su amigo el emperador, y dibujó su retrato en la portada, de pie delante de un triángulo de montaña nevada, entre banderas de color deportivo al tope de los mástiles, un manto araucano prendido de los hombros, la barba al pecho y la melena movida por el viento, como lo recordaba.

Iba por un camino de la costa pensando pedir trabajo de albañil en un pueblo. Y vio una figura que conocía, pero en actitud nueva, erguida sobre un caballo, con jinetas de militar, a la cabeza de soldados que llevaban un prisionero. Se puso a seguirlos. Y como en Chiloé se había dejado crecer la barba, que también le llegaba al pecho y era de un rubio oscuro, y como era verano, es decir que en vez de vestir su poncho negro y blanco lo llevaba doblado en la montura, es posible que una primera mirada no lo reconociera. Pero es más posible que Rosales no mirara hacia atrás.

Se puso a seguirlos a causa de Rosales, y porque la calvicie del prisionero le llamó la atención. Y también porque entraban al mismo pueblo que él.

Aquel pueblo parecía dormido, sin curiosos y sin transeúntes. Olaf se detuvo en la panadería y se compró unos panes.

Luego se detuvo en la carnicería y se compró una tira de costillar. Y en un almacén compró una botella de vino y un jabón. Con eso se terminó su dinero. Después siguió el rastro del grupo que le había dado curiosidad. Y cuando lo volvió a ver había cambios.

Rosales ya no estaba. Los soldados bañaban sus caballos, reían, preparaban un asado a la sombra de un árbol. El prisionero se friccionaba lentamente las muñecas echado a la sombra de un carromato.

A cierta distancia Olaf desmontó también y se alistó un fogón. Cuando las brasas estuvieron hechas clavó un asador de hierro con el costillar ensartado, puso los panes en hilera, se echó contra el tronco del árbol armándose un cigarrillo. De vez en cuando miraba a aquella gente. Solían volverle melodías a la memoria, trozos como enganchados que se repetían una vez y otra. Esta vez era una sonoridad, cierto ritmo el que venía en ráfagas, y puesto a reconocerlo como tenía por costumbre descubrió que era el discurso del emperador en el congreso de Pajonales, una sucesión de entonaciones vibrantes.

El prisionero cabeceaba. De perfil se le veía la nariz muy grande, o era quizás contraste pues la falta de dientes le volvía el mentón diminuto, la mejilla inexistente. Los pómulos parecían querer romper la piel por la flacura.

Y Olaf sintió como un lazo en el corazón, que gimió ahogándose. Como si maniatado, su corazón fuera a los tropezones entre dos caballos, que eran sus pulmones.

Un soldado se le acercó, campechano, más que nada a ver quién era, y de paso a pedir un trago de vino a cambio de salmuera para el asado. Alargole Olaf la botella.

—¿Forastero? —preguntó el soldado.

—Forastero —y señalando con el cigarrillo—. Están libres, ¿se ha ido el cabo a dormir la siesta?

—Libres no —dijo el soldado—. Llevamos a ese infeliz que se ha podrido por años encerrado.

—¿Es loco? —preguntó Olaf, mientras la compasión seguía latiendo de una manera anormal contra sus costillas.

—Loco. Y peligroso. Quiso ser rey y emperador de los indios, y puso en peligro nuestra república y nuestra soberanía. ¿Me escucha? ¿Nunca oyó hablar de esa historia? Le estoy hablando.

—Si no me equivoco aquel hombre era fuerte y tenía pelo y dientes.

—Estuvo enfermo de tifus y se quedó pelado en la cárcel de un pueblito. Y perdió todo lo demás, los dientes y la barba y la corona y los ministros y la mar en coche.

—Pues no debían llevarlo caminando. Ese hombre se les muere.

—Vamos a devolverlo a su patria, y si se muere no se pierde mucho.

Una hora más tarde el prisionero levantó la mirada, vaga sobre las franjas de ojeras que le comían las quijadas. Vio a Olaf inmóvil fumando contra un árbol. Abrió la boca desdentada con asombro. Olaf se quitó el sombrero y dobló la rodilla, y después simuló abanicar el fuego.

El rey cerró los ojos. Olaf se acercó a los soldados y les pidió tabaco.

—Vengo de lejos —dijo—. Me gustaría echar una mirada al loco ese.

—Se mira y no se toca.

Era la última vez que Olaf echaba una pitada de tabaco, y era la última vez que sonreía. Se aproximó al rey de la Patagonia y le juró la libertad. Orellie Antoine I quiso cubrirse el desfiguro, la miseria. Después vio algo que venía detrás de Olaf y que se detenía a la distancia. Esta vez el capitán Rosales había mirado bien.

—¡Cuidado! —dijo el rey con algo de su antigua voz. Pero el disparo llegó antes.

Los soldados desparramaron al viento los escritos y los dibujos y los paquetes de hierbas y de plumas y de hojas y de telarañas. El cabo Rosales se desperezó y se puso el poncho blanco y negro, y se puso el sombrero que parecía una luna en eclipse. Requisó el caballo y mandó recoger el asado frío, los panes, la camisa, las botas, los pantalones del muerto. Mandó cavar una fosa, lo hizo echar desnudo en ella, y ordenó que lo cubrieran de tierra.

Y el rey prisionero se puso de pie y saludó la tumba del último de sus fieles.

IV. Los papeles de Olga

Acaba de hacer usted su aparición en esta madriguera, Andrei Nicolaievich. La joven Lina, limpiando la jaula del canario —tema que ya ampliaré— me pregunta si no tengo parientes.

—Ninguno.

—Me pareció verla con su nieto...

—¿No será mi bisnieto? —(Me retorcí).

—¡Ojalá tuviera yo la suerte de ver algún día a mis bisnietos! —(Agregue zetas).

—¿Por qué no a los tataranietos? —(Crují). Y luego pasé la goma de borrar sobre mi inconducta, y barrí también el serrín de la goma de borrar (que vaya a saber cómo se llama), explicando que se trata del nieto de una buena amiga, que trabaja en la Patagonia, que si yo muero y usted viene a buscar sus cartas le diera estos papeles con ellas.

Así, tal como entró volvió a salir de mi habitación su figura, airosa al entrar y al salir.

Escuche esta historia. Se llama «Historia del Cadáver Enamorado», y debería haber empezado así: Había una vez un cadáver. En el mejor estado a que pueda aspirar un cadáver caminaba un milímetro por hora, veía mal por un ojo, quería levantar la cabeza y no podía. Escribir era una pretensión que debía pagar caro, las líneas divergían o se enredaban.

Para cadáver, un récord. Hablemos de su corazoncillo: era un horno, una fragua, nada lograba calmarlo. La historia empieza así, escuche:

Mi padre era el modelo de un personaje que, conocido en la niñez, vuelve por siempre a nuestros pensamientos y nos aclara definitivamente ciertos puntos enigmáticos del alma humana. Dejemos esto por ahora.

Pasemos a un caserón lleno de viento, de puertas que golpean sin cesar. Su propietario lo considera grandioso, como a sí mismo sin ir más lejos. Mire la vereda llena de basuras. Heredero de unas tierras nadie sabe dónde, se bebe las rentas despatarrado en un sillón carcomido. Almuerza, tira al suelo las sobras, los perros se abalanzan y las roen debajo de una cómoda apoyada contra la pared para que no se derrumbe (la cómoda). O la pared.

En sucesión de covachas duermen las sirvientas. (Sector cocinas). Pegan unas velas en el suelo, se alzan bostezando los camisones de franela, se rascan los traseros que suenan como lija. En momentos de euforia hacen concursos de eructos. Alguna, menos expansiva, tose sospechosamente.

Suelen alegrar por turno la caverna del patrón. Resultado: nosotros.

Sector nosotros: una sala con siete camas para las niñas, otra con seis para los niños. Nos criamos lejos de nuestras madres, que nos sirven. Sabemos leer, contar, dibujar mapas. («Palomita, te guardé esta patita de pollo»: encuentro furtivo en un pasillo). Cuando las niñas crecemos, el dueño nos persigue por el caserón. Una se arrojó desde el techo, quedamos seis.

Para no extendernos, vamos a las seis:

El Ratón (aquí presente transformado en cadáver narrador), la Ninfa (bucles), la Monja (exit a los 13, bacilo de Koch), las Gemelas (gigantes infradotados), El Pequeño Cafre.

Olvide a las Gemelas y al Pequeño Cafre, no volverán a aparecer. Restan el Ratón, la Ninfa, la Monja.

En cuanto a los niños la tarea es fácil: son seis campesinos iguales.

Cada mañana había que sentarse en ronda. Con ruido de campanas las bacinillas rozaban el suelo de piedra, más sonoras cuanto más vacías. Tratándose de carreras en bacín nadie me ganó; había choques, vuelcos desastrosos. Cuanto más pulido el fondo mejor se deslizaban; era infracción ayudarse con las manos; solo pies y bacín. Éramos doce, el ruido crecía, una mujer entraba dando gritos.

Media hora después venía el desfile, cada cual con lo suyo. «Ah, mis descendientes, ¿a ver, a ver? Los reconocería solo por esto. Bravo. ¿Cómo? ¿Seguimos así? Que no se repita. Pero amigo, ¡si estás con lombrices!».

Uno de los campesinos era renuente. Recibía un coscorrón. «Sulfato para este».

¡Y luego la Monja! Cada día enviada a horas suplementarias. «Está en Siberia» decíamos sabiéndola de abatidos calzones en la pieza llena de jarras, rezando rosarios que contaba con los dedos. Vivía decidida al martirio pero... Volvía a subir la escalera temblando de vergüenza y furia, algo sacro sugerido por la toalla con que recataba el bacín. Oíamos portazos.

Portazos, toses, pasos. Jadeos, carcajadas, gritos. Eran los ruidos de la casa.

El personaje que vuelve a nuestras pesadillas. El dueño de aquellas botas, el que tanteaba las siete cabezas con corona y las siete con gorro de los hermanos de Pulgarcito. El ogro.

A nuestro padre se le ocurrió registrarnos a todos con un mismo apellido que no era el suyo. Eligió uno alemán, Fischer, y los doce pasamos a ser Fischer el mismo día.

Vamos a la Ninfa, mi hermana favorita. Imagínese un ser alto y grácil, un pie divino (el otro también), los bucles que se mueven sobre un cuello como una aurora. Huyendo siempre, huyendo. El hijo del carnicero me miró cuando... El hijo del príncipe me miró cuando... ¡Oh, qué se han creído! La ninfa que escapa eludiendo a todos los sátiros que ella sola despierta con su rosado pie. ¿Qué se han creído? La mano descorre la cortina, oh pero si está mirando mi ventana, qué asco, qué estúpido, un vistazo al espejo, otro a la calle, pero si sigue allí, cómo se atreve.

Temblando de asco —se consideraba un bocado inmerecido— hacía confidencias asombrosas (al principio, pues era la mayor). Y luego las confidencias sobre el ogro. «¿Puedes creer que estaba escondido en...? Huiré de esta casa». Pero no huía. Pasaba envuelta en una sábana a lavarse los bucles, a ponerse rocío en las mejillas. Por los rincones andaba él.

Se casó con él después. No sé cómo. (He dicho eso, exactamente). Tampoco sé cómo, después lo mató.

De tales cosas me enteré mucho tiempo más tarde, y quién sabe al fin y al cabo si...

Llega la historia de Olga y Alexis. Olga el Ratón va a comprar hilo para coserse una blusa con un retazo de tela que su madre («Palomita, que tu vida sea mejor que la mía») le ha deslizado en un pasillo. La mujer que le vende el hilo es igual a lo que sería el sol si vendiera detrás de un mostrador. Su hijo sale para estudiar, lleva libros debajo del brazo. Esbelto, ojos de lince, un poco de bigote. El sol se esconde para buscar un hilo. Alexis y Olga quedan solos en la tienda.

—¿Cómo te llamas?

—Olga.

—Yo soy Alexis. Tenemos que hablar.

Vuelve el sol con el hilo. Olga sale, Alexis sale, se sientan en una plaza, hay una estatua. A Olga le duele la garganta, tiene un pañuelo atado al cuello.

—Quítate ese pañuelo. Ya nunca tendrás dolor de garganta.

—¿Por qué?

—Porque te quiero. ¿No te diste cuenta en la tienda?

—¿De qué, si me di cuenta?

—De cómo te quiero. Apenas te miré te quise. ¿No te pasó lo mismo?

—¿A mí?

—Sí, te pasó. Sí me quieres. Lo vi.

—Sí, me pasó. Sí, te quiero.

—Bueno. Es para siempre.

Lo fue. En la cocina me despedí de mi madre. Lágrimas por ambas partes, ningún beso (bacilos, también).

—Sé feliz, mi alma, mi luz. Recuerda que sin bendición todo va para mal; vayan a la iglesia; ya me ves a mí.

(Este es el resumen de un largo monólogo entre sollozos en el que me enteré de las partes más tristes de su vida). Pero Alexis era revolucionario, sin bendiciones se lo pasaba muy bien, y como la bendición para mí era él, el consejo materno cayó y se disolvió.

Sí, ella proviene del segundo patio. Pero ¿qué quiere? Unos golpes en la puerta y aquí está. ¿Qué es lo que puede querer con todos esos remilgos, rubia, papada de estatua griega, llamándome zeñora Olga? Ceceosa, no podía fallar. ¿Qué quiere? El perverso pequeño cadáver contrahecho en su silla demora en responderle. ¿Qué es esta oferta de limpiar su habitación? A ver. Zeñora Olga, déjeme ayudarla un poquito, qué me cuezta limpiar zu habitación, ¡pero si no quiero que me pague nada! Cuántos papeles, señora, ¿es escritora? Ah, su esposo. Me haría estornudar tanto papel.

Que alguien me diga qué es lo que puede querer este pequeño ser todo designio del pobre Lázaro sentado en el borde de la tumba. Ah, he adivinado. Que le deje la habitación cuando pase a mejor vida. Zomos cuatro en una habitación: mis dos hermanas y yo en una cama, papito en un catre. Con que se trata de eso. ¿Y qué testamento habrá que hacer para traspasar una cueva de inquilinato?

De las muchas formas en que sobrevivimos una me incumbió a mí sola. Pues el Ratón bailaba sobre la mesa de la cocina con aplauso general hasta que llegó a los cuatro años, límite para ascender al dormitorio, al bacín y a las lecciones. Y bailaba bien.

Bailé en el teatro más alegre que pueda imaginarse. La gente pagaba entrada con la expectativa de alegrarse para siempre, tan fuerte era el ruido de trompetas. Los globos volaban, las muchachas bailaban, los hombres hacían pruebas, contaban chistes y el director-autor, que gustaba de hacerse ver, aparecía sentado a una mesa con un sombrero de verano.

Hombre atrayente, el autor-director. Dejó a su hermosa mujer por otra muy fea, impresentable podría decirse, algo deforme y de párpados ovinos, que imponía respeto. Con el nombre de Impagable Lulú la había conocido en la ceremonia musical de desvestirse, en la que nunca supimos si descollaba. Ahora, con un hijo sobre las rodillas asistía a los ensayos y daba indicaciones juiciosas: «Yo correría esa luz», «Creo que a Olga le quedarían mejor unos lazos rojos sobre las caderas».

—¡Basta de innovar! —gritaba el marido—. ¿Quieren verme en la ruina?

Él había tenido una vida difícil con mucho dormir en las estaciones de ferrocarril, en vestíbulos de casas de amigos llevándose el dinero entrevisto dentro de un cajón y no volviendo a aparecer por allí, o asistente de una anciana rectora de casa de modas (vestidos de novia para señoritas de la nobleza), «Diré a mi sobrino que le lleve los guantes, señora princesa. Te compraré pantalones de franela para el veraneo, amor mío», etcétera.

El éxito de su teatro le hizo rememorar los halagos de la comodidad, desdeñados por él en el hogar paterno. Se compró un piso de tres habitaciones, y compró ventiladores de techo, estufas, tapetes de felpa con borlas, percheros, un lecho matrimonial de bronce con ángeles en relieve, cojines bordados con figuras de árabes y de dromedarios. Se compró también una casita de campo. Todo a plazos.

El asunto era pagar los plazos.

Y justamente en la tercera temporada la inspiración se le fue al suelo. La gente que acudía a incorporarse alegría notó que el alma se le desmoronaba en un bache, rampaba para salir, caía en otro. Se pasó la voz, no vino nadie. El caballo blanco del estreno fue reemplazado por un disfraz de caballo blanco para dos hombres, después el caballo fue borrado del guion, después fueron despedidos los dos hombres.

A medida que eliminaba personajes el autor-director perdía elementos simpáticos de su carácter. Antes nos increpaba por indignos de su genio, ahora —con pataditas, suspiros, meneos de cabeza, brazos al cielo, sarcasmos, insultos— porque lo hundíamos. Hundió nuestros sueldos en proporción. Y nosotros nos hundimos tras ellos.

La razón de tantas escenas era que la Impagable Lulú había dejado de ir a los ensayos, ya no emitía su influencia moderadora. Esperaba un segundo hijo. Como el pez cambiado de pecera hace el inventario del alga, la conchilla, el buzo de juguete, ella flotaba feliz entre las borlas, los cojines y los ángeles en relieve. Por la noche se iba a dormir temprano arrebujada hasta el mentón, un té de menta sobre un calentador al alcance del brazo. A todos nos encanta oír llover desde la cama. Apenas caía el sol ella oía tronar la tormenta de teatros que encienden sus luces. ¿Dónde estaba aquella que entre dos besitos aparecía cantando: «Señores, caballeros, la Impagable Lulú tiene algo que contarles respecto a su tutú»? Así perdió el amor de su marido.

Pero el ejército de objetos comprados los coaligaba. Nosotros, ofendidos, sabíamos que del hueco de nuestros estómagos salían sus tapetes, sus tés de menta. No valorábamos nuestra importancia social como cimentadores de aquella unión.

Le estoy endilgando, mi amor —sí, es mi amor, qué puedo hacer, lo lamento—, le endilgo la no veracidad llamada recuerdos.

Esa pura gota o diamante sobre hoja verde, la experiencia, eso que podría echar de menos, digamos, un espíritu descarnado, la hemos tenido todos. Nada que ver con los «acontecimientos de una vida». Respirar, por ejemplo. O hacer café. Se pone el agua fría en un jarro. Fuego debajo. El fuego conduce el agua a ese estado que es su mayor alteración, especie de alarido que llamamos indiferentemente hervor. Tal vez por la presencia del aire, agitado en ella durante ese paroxismo, un sonido con tono de oquedad habla al oído si se la revuelve. Ahora echémosla en el filtro. Aquel sonido pasa a terciopelo auditivo, hay elevación de perfume y canto, ya que las gotas caen dentro de la cafetera.

Me dirá: hay gente que nunca hizo café; la señora lo bebe después de haber tocado el timbre. Pues tiene una experiencia equivalente: ver los poros sobre la nariz del mucamo que lo trae, los signos de privacidad humana en la disposición de los pelos de sus cejas.

Me dirá: hay experiencias que solo algunos han tenido. Bien. Pongamos el caso de la guillotina. No creo que haya nada sorprendente en materia de olores, miedo, frío o calor allí arriba.

No quiera rebatirme. Fíjese en la insignificancia de un recuerdo de este tipo: *el director-autor volvía nuestra vida amarga; pero por la tarde nos reuníamos los jóvenes revolucionarios; y luego quedábamos solos Alexis y yo*. Déjeme poner tres puntos suspensivos, de los cuales se espera que abran la imaginación hacia ciertas efusiones. *Quedábamos solos Alexis y yo…* ¿Y con signos de admiración? ¡*Quedábamos solos Alexis y yo!* Lo dejo a su criterio. Al fin y al cabo es falsedad, sucesión de palabras huecas, pieles de cigarra sin cigarra.

La verdad está en los recuerdos intersticiales. Escuche.

Un joven de ojos de lince levanta los brazos para bajar una manta desde un armario. Esa posición siempre le altera el pulso, sobre todo si tiene que bajar algo pesado, una maleta. No acostumbra a tomarse el pelo a sí mismo pero la risa de su amiga cada vez que esto ocurre lo hace sonreír. O bien: un joven esbelto se pone una camisa antes de salir a la calle. La camisa flamea traspasada por la luz de la ventana, el joven la abrocha, la fresca piel va ocultándose botón a botón y solo queda el cuello, mensajero o heraldo de la belleza escondida. O bien, un joven va a buscar a su compañera al teatro en que trabaja. Nunca lo ha hecho. Perdón. Entramos en la falsedad. Demos vuelta el recuerdo:

Una muchacha con algo de ratón sale corriendo por la platea del teatro. Anhela llegar a su casa pero he aquí que una silueta resalta contra el cortinado, precisamente la forma que anhelaba ver cuando corría. Ahora bien, el habitante de esa forma no responde a la mirada gozosa que lo saluda. Pues por su modo de ser emparentado con aves gloriosas nunca había imaginado aquel teatro. Está convulso, pálido. Se toma las sienes con las manos. Él, redentor del oprimido, favoreció durante tres años la opresión de… Detengámonos aquí. Trazo un círculo con un punto dentro. Cuando vuelva a encontrar este signo volveremos a comentar unas cuantas cosas sobre esta cuestión.

De noche nada revela la monstruosidad de la vejez. Estás en tu cama (sí, la cadera dolorida puesta de cierta forma), vuelve la carne sonrosada a cubrir tus huesos. ¿Hacia dónde corres? Hacia el príncipe encantado. Se llama… Dejémoslo así. Sus dientes brillan (cuando el bigote lo permite). Al sonreír, un pequeño tajo corta la piel cerca del pómulo. Llega y susurra. Es una persona capaz de ver a otra en un tren y entregarle su vida.

Pero dígame: ¿es posible que lo pase allí encerrado con un gigante sueco? Detesto a ese fantasmón. Se aparece cuando procuro imaginar la cabaña en que viven… Una carota albina, tallar figuritas silbando una balada, pies enormes, medias petrificadas después de un año sin lavado, ¿me equivoco?

Y ¿quiere que le diga lo que opino de la mujer del tren? No, me odiará. Pues pienso que… Nuevo golpe en la puerta. «Zeñora Olga…». Afortunadamente no era ella. Aunque debo confesar que la habitación con menos polvo produce su halago.

Tengo un vestido para esos encuentros, dos vestidos. Uno es de gasa. Bailo con el príncipe encantado. A aquella laucha la idea de bailar con un caballero en un salón de suelos lustrados la arrebataba a veces volando desde el humo de las habitaciones en que jóvenes revolucionarios demacrados arreglaban el planeta. Después la voz de Alexis creaba su polo de hipnosis, atendían todos, admirativos y envidiosos. Aterrizaba ella entonces de su viaje culpable por los salones de los privilegiados sacudiéndose el polvo de estrellas del vestido y caía en el aura de Alexis, en el látigo de sus palabras, dispuesta de inmediato al martirio por la revolución.

¿Qué es eso, vieja indecente? Buena pregunta.

El fluido de la existencia habita los intersticios del acontecer. En cuanto al acontecer en sí... No me cuenten recuerdos. Respiré, reí, me quemé un dedo con la sartén, me aburrí, esa es la vida humana. Lo demás, traiciones, ilusiones, ideales, ¿no son inventos de la fantasía?

Lázaro, deliras.

¿Qué me dice de esta literatura en grageas en que he caído? Suprema pretensión. El autor que atesora lo que rumia con tal deleite que solo puede distribuirlo en forma de perlas. Por este barrio suelen verse perros que roen huesos y lo manifiestan así, en forma de perlas.

«Nada me cuenta de su vida cotidiana, Olga». Pues qué. ¿Esperaba pequeñas pinturas costumbristas? Escena en un patio de inquilinato de ciudad inmigratoria (¿no habría que decir inmigratante?) sudamericana. El freír de ajos, el tender ropa, el regar claveles. ¿O prefiere aquel perfume de borsch del segundo patio?

Puedo darle si gusta un poco de folklore, elemento caro a los espíritus totalitarios, simplistas o cómodos (cualidades que coinciden, no siempre).

Hay aquí una portera o como se llame que reparte ojeadas de cucaracha en celo investigando la posibilidad de aprovechar algo, una cáscara de limón, digamos. En esta ciudad cuyos tachos de basura darían material para banquetes en otras latitudes (su Pekín por ejemplo, leí el artículo: diez puntos) suele pasar sus buenos momentos. Es interesante verla extraer una cinta, desembarazándola a pequeños tirones de los fideos con salsa que la tapan: un buitre tironeando el intestino de un caballo muerto (escena que solo conozco por lecturas, no lo tome en cuenta). Un cirujano que... (Ídem, ídem).

Esto del realismo tiene la ventaja de sus infinitas posibilidades.

El esfuerzo por ser una persona. Me gustaba ir a ver tomar el té a las señoras. Toda la comedia que no eran conscientes de representar, los maravillosos guantes, la condescendencia gentil hacia el camarero, los modales, la sonrisa. Sáqueles todo, todo, todo. ¿Qué queda? Era mi ejercicio. Si quitado todo queda una persona, ahí está la cosa. (Es un alegato pro domo).

Vuelven, aquí sentada los veo volver y da lo mismo que les pregunte o no. Vuelve la Ninfa como un hada, tal como era. Y yo le pregunto qué la convenció de aceptar aquella propuesta. ¿Dinero, desafío, compasión de la Bella por la Bestia?

Cualquier mentira serviría. Lo único cierto es que la monstruosidad atrae a las ninfas.

La Bella nunca tuvo compasión por la Bestia, sino fascinación. Los juguetes del palacio encantado tenían como objeto matar el tiempo hasta la gran hora de oír aquellos pasos...

Observe por favor a la Sirenita, cómo avanza por el bosque de pólipos hacia la Bruja del Mar que le pedirá su mejor arma: la voz. Me dirá que la Sirenita estaba haciendo un trato, aspiraba a tener un alma. Desde luego. Todas las ninfas, y todas las sirenitas y todas las Bellas aspiran a eso. ¡Hay demasiados espejos en sus antecámaras! Y para eso están los sátiros, está la Bestia, está la Bruja del Mar, no los pastores ni los silfos.

Porque los pastores y los silfos no son monstruos, y solo el monstruo puede abrirse un camino hasta el recinto inexpugnable de la Bella.

Eso porque ella lo permite (lo pide). Ya se lo hará pagar después.

¿Por qué lo pide? Porque la Bella es inválida: no tiene acceso a su Bestia; debe salir a buscarla; su hechizo es una cacería.

Ante todo: la ninfa enamorada de sí no encontrará mirada de adoración que se compare a la del monstruo. Pues los galanes no adoran, admiran, y ella quiere ser adorada. Y ellos para colmo reparten esa admiración, derramándola en gran medida sobre sí mismos. Del que se tiene horror, la adoración entera irá hacia ella. Así la Bella, que sería una rosa en cualquier jardín, solo en la tiniebla del monstruo será el sol.

Pero sobre todo en busca de su alma la Bella hechiza al monstruo, lo hace cobrar confianza, le abre las auroras de la felicidad, lo conduce hasta ese cénit para él que es la autoaceptación. En ese momento cae de rodillas. Lo tenemos cazado. Y con qué gratitud.

Sigue el período de los gozos.

Después los vasos comunicantes restablecen su equilibrio.

La Bella se ha satisfecho y se ha hastiado. Ya tuvo su ración. Pero este ¿no se saciará nunca? Y se estremece. ¿Será verdad que se ha dejado cubrir de saliva, de gruñidos, de pelos?

Ah, pobre Bestia. La Bella lo ha llamado monstruo, ha levantado un espejo para que él se vea. Lo ha hecho a la manera de la Bella, con solo mostrarse distraída, indiferente. Entonces la Bestia empujada a la soledad y a la entidad de monstruo se vengará. Se vengará de ella, y del mundo que ha permitido esto, y más que nada de sí mismo, que es un monstruo. Un monstruo maldito.

Adiós adoración.

El monstruo está solo con su caldero tiznado donde bulle el horror mezclado con serpientes, y donde ya no se refleja un ojo de oro. Entonces empuña su monstruosidad en la mano peluda.

Parte a vengarse de la Bella (a recuperarla).

Querrá oírla otra vez en sus abrazos. Pero ella tendrá asco de él. Entonces la forzará, y la Bella estará al borde de perder la razón de repugnancia y de furor.

Y el monstruo que la había halagado con regalos tratará de comprarle otros más costosos. Pero la Bella hará ver que vale más que los regalos y que los regalos no la tocan. Entonces él querrá hacerle notar lo que costaron. Y ella le hará notar su vulgaridad.

Entonces el monstruo, si la hizo de un hijo hará valer sus privilegios. Pero el hijo y ella formarán una silenciosa pareja de extranjeros. El monstruo querrá herir al hijo, alcanzarlo para alcanzar el corazón de la Bella. La Bella no demostrará su sufrimiento.

Todos estarán de parte de la Bella, hasta el monstruo. Y nadie, ni siquiera el monstruo, se habrá dado cuenta de algo que solo sabe la Bella: que la Bella es un monstruo.

Hay un cuadro lateral; una pregunta sensata: el monstruo ¿por qué no tiene relaciones adecuadas a su naturaleza? Respuesta: las tiene. Pueden llegar a ser tan intensas que el otro ser, una hirsuta satirilla, intente seducir a su vez a la Bella para quebrar el sagrario en que se aloja el más insoportable dolor y la más alta llama del monstruo. La Bella fingirá no percatarse. Tiene ese don. Y nadie llegará ya al sagrario del alma del monstruo. Salvo ella. Que ha pasado a la indiferencia.

Pero es posible que ella siga buscando su alma.

Alejada del monstruo se encuentra de nuevo en su gabinete de espejos, que le devuelve su imagen. Y comprende que buscando el ojo adorador del monstruo había vuelto a elegir el espejo, con mayor peligro porque es un espejo que no devuelve la verdad sino la adoración. La Bella sabe que para encontrar su alma tendrá que entregar como la Sirenita lo más preciado: la belleza, el aplauso, tal vez la esperanza. No sabe cómo lo hace. Algo ocurre, desencadenado por su deseo más secreto. Una catástrofe.

En el caso de mi hermana ¿cómo mató al ogro? ¿Fue a la cárcel? No puedo imaginar su cuello sobre uno de los uniformes carcelarios de mi patria, ni sus bucles vueltos grises entre esas paredes. ¿Enfermó? ¿Murió?

Ah Ninfa, mi hermana favorita. Es inútil que pregunte nada a su sombra.

Pues ¿qué pensaría ella si viera a su Ratón? ¿Lloraría? Tal vez, en su amor por la seguridad, hubiera preferido una cárcel para él. ¡Para el Ratón, que solo ambicionaba libertad!

La Monja era mi hermana también por parte de madre, dormía con una imagen de Cristo debajo de la almohada, mala digestión, piedad de sí, tos.

¿No era mejor ver a la Ninfa corriendo a probarse vestidos que descubrir que la Monja evitaba mirarse en el espejo? De haberse mirado habría visto una muchacha demasiado pálida con dos trenzas oscuras y gigantescas pretensiones.

¿A qué aspiraba? A ser amada, claro, todas aspiran a lo mismo. En sus diálogos divinos, que eran tristes monólogos, en su virtud inventada, en esos libros que leía sin solaz, ¿qué buscaba? Sobrepasarse, es claro. En su desprecio universal, ¿cuáles eran sus comuniones? A la Ninfa que se admiraba ante el espejo, al Ratón que bailaba ante el espejo les auguraba sin palabras castigos. Tenía un público callado, en apariencia dócil, en los seis campesinos fraternos, que no le dedicaban en verdad ni un pensamiento.

¿Qué salvación hay para la Monja? Para la Bella hay la Bestia seguida de la catástrofe. Para el Ratón ser un ratón. Para la Monja un impostor o la muerte.

Y sin embargo, mi pobre Monja, si hubiera aparecido el hipnotizador disfrazado de sumo sacerdote, el ogro disfrazado de príncipe, con qué arrebato te habrías entregado, con qué entereza ido al martirio tras él. No hubieras sido cruel como la Ninfa. Pues ella quería adoradores, tú querías adorar. Ella quería completarse, tú sobrepasarte. No pudiste seguir esperando y moriste.

Paisaje con narcisos. Así se llama la composición que acaba de leer. Puedo ponerle un nombre científico también, si lo prefiere: Breve Tratado Sobre Dos Formas del Narcisismo. O, con rigor moderno y una mayúscula necesaria: Dos Narcisos.

Aquí entra una mujer que le interesará. Espléndida aunque un poco renga, hermosa aunque un poco arrugada. Claro que es ella. Reconocí sus papeles azules cuando leía sentado en esta silla. ¿La conoce? Es verdad que los nietos nada saben de los abuelos.

Llega en un aroma de violetas acompañada de un gordo de ojillos de chancho que se suena la nariz a cada paso. Mijail Bakunin está resfriado. Alexis y Olga acaban de llegar a París. Viven mal. Comen poco. Todos los exiliados revolucionarios los miman: él es un joven genio, ella un ratón.

Los ratones a veces admiran a damas encantadoras, se entregan con facilidad si les demuestran ternura.

Francamente, no tengo ganas de evocar a su abuela, espero que sepa disculparme.

Evocaré a Alexis en cambio. Enviado a América del Sur en misión revolucionaria. (Nunca dudé de que esa misión fuera no estorbar a otro revolucionario enamorado de la misma revolucionaria bella y renga). Pero ¿no deseaba yo llevármelo lejos? Los ratones saben callar.

Le ruego que coloque un par de comillas en una palabra de la frase entre paréntesis que acaba de leer. No. Ni en bella ni en renga. Acertó: en revolucionaria.

Estuvo preso y organizó la revolución desde la cárcel, trabajó en imprentas y organizó la revolución desde las imprentas, convenció al diarero mientras le compraba el diario, el barrendero lo siguió con solo decirle buenos días.

Vivió extenuado, porque escribía. Escribía y se quedaba dormido sobre la mesa, los brazos cruzados y la frente encima.

—Un día te sentarás a tejer a la sombra de mi estatua. Vivirás de los derechos de mis libros. En ellos está el camino, te diría que la única vía —decía. Saltaba en el aire, se reía—: Soy un genio —reía hasta que se le saltaban las lágrimas—. Oh mi pajarillo, yo no lo veré pero tú sí.

¿Ha visto los papeles atados con piolines en mi habitación? La pequeña Lina me ha prometido que los guardará hasta que usted llegue. Quizás pueda encontrar el editor que yo no encontré.

Por las noches veo luz detrás de las puertas de estas gentes que no me van ni me vienen. Entonces me resultan tan cercanas a mí como yo misma. No es que me aflijan, pero cómo me afligen. ¿Tendría que decir la repugnante frase de que me inspiran amor? No la diré.

¡Y cómo tienen que burlarse de mí cuando paso! (Pues debo estar sumamente ridícula). Vendí el espejo hace años.

Ya sé qué piensa. De qué vive, Olga. Ya que lo quiere saber le diré que los organismos antiguos no necesitan alimento. Luego hay recursos que usted, brillante escritor y periodista, criador de ovejas, buscador de oro, vecino de un sueco mudo, no conoce. Pueden venderse los zapatos del marido muerto, los libros; una lámpara, ya que es innecesario tener dos. Y luego se pueden vender los periódicos que deja cada día en la basura un señor rico (pero para hacerlo habría que poder caminar cien metros). También puede pasar que el vecino más gritón del patio venga a saludar, deje una moneda sobre la mesa, y luego niegue haberlo hecho. Y que el almacenero regale un envoltorio de magníficas sobras. Puede llegar un giro desde la Patagonia a raíz de una venta de lanas. O el giro de una vieja que vive en París y se da el placer de enviar limosna. Ahí tiene el resultado de su curiosidad, que tal vez no existe.

Sí, esa familia unánimemente exquisita que me describió. Y unánimemente excomulgada, también. En algún lugar he leído algo sobre la heroína libertaria, las bayonetas vaticanas, su embarazo, la excomunión por tres generaciones. Si no me equivoco hay una estatua de ella en Roma. Y si mis cuentas salen bien, la próxima generación quedará libre del anatema. Permítame observar que si esa familia, por algún azar, llega a lo que llaman proletarizarse (olga-katkovizarse) su exquisitez se desdorará rápidamente. Imagine un sillón Luis XV en un baldío. Lo lamento: ciertas flores de la cultura no se conservan fuera de los invernaderos, créame. Ya, ya, lo había olvidado: usted les dará un palacio con picaportes de cristal.

Ver la ropa tendida a secar reconcilia con la especie humana. Y luego verla endosada, esa que se vio flamear tan libre, resulta conmovedor. Uno se vuelve cómplice de pequeñas historias. Esa manchita en el hombro no te creas que no sé que es del gorrión que pasó volando, y tu mujer no tuvo ganas de volver a lavar.

De la misma manera, la ropa remendada tiene una belleza que no tiene la nueva. Esto sí que no es un alegato pro domo, por favor. Hablo de ropas hermosa y pacientemente zurcidas y remendadas como las que veo en el patio.

Ah sí, aquel círculo con el punto dentro. Se trataba de hablar de la imperfección de nuestros sentimientos. El joven aguilucho enamorado de la liberación universal vive durante años de la esclavitud de su amiga bailarina. Nunca fue a ver cómo baila, dónde baila. Usted, sentado en su cabaña, yo, Lázaro en mi cueva, podríamos dictar ambos un curso sobre la falsedad real de los sentimientos que ambos se proclamaban, y estaríamos equivocados. Pues el joven genio y el ratón se amaban.

Vaina verde entre abejas en el sol del huerto (¿no me acerco a Virgilio?) un espíritu mediocre llorará por ti al verte retorcida en un rincón de la cocina. Hay un dato que siempre escapa a los mediocres. O quizá la mediocridad es simplemente la carencia permanente de ese dato. Y sin embargo…

¡Y dejemos a Virgilio! ¿Qué haríamos sin los estandartes, sin las Patagonias, sin los naufragios? Un mundo de granjeros con la sonrisa en los labios. Hemos luchado por él, pero lo único importante era luchar. Estábamos bajo el sol y lo importante era el sol. Las flores estaban abiertas ¿verdad? Oh embriaguez, oh orgullo del desastre, ¿no es esa la música que buscamos? De acuerdo, señor disparatado entre absurdas ovejas. Lo demás es teoría.

V. El niño

Sobre la mesa pusieron unos envoltorios; una mesa modesta de la que habían retirado los platos del almuerzo. Bernardo, Tommaso, Ludovico y también Graziella, que no era hermosa como la madre, parecían fijados por una foto en la expresión inmóvil de la tristeza. La hija de Graziella tenía en la mano un sombrero de paja con una cinta.

Desenvolvieron los paquetes. Apareció un astrolabio, una brújula, un cortapapeles de marfil, y algunas cosas que no valían casi nada, como el pequeño cuadro hecho con pétalos de rosa.

Pusieron un cuchillo en el centro de la mesa y lo hicieron girar; al detenerse apuntaba: el apuntado elegía. Elegía el astrolabio, o el cuadro, o la brújula. No había comentarios sobre la elección.

En ese silencio los últimos recuerdos de la casa de los balcones se dispersaron, uno con cada hijo.

¿Qué puedo contar de cada hijo yo, que solo vi el reflejo de sus reflejos? Contaré ese reflejo.

Tommaso lee en la soledad de la cocina. Una bombilla de luz cuelga del techo. Lentes ligeros sobre ligeros huesos, un labio curvo, sensual, puro; linotipista; lee inclinado sobre la mesa. Lee en italiano el periódico de los anarquistas. Una emoción lo hace quedar inmóvil mirando hacia la noche y hacia el patio, donde duerme un perro negro y hay olor de jazmín. Pero él ve a sus héroes, desvelados.

Ya tiene costumbre de interrogarse sobre la fortuna y el infortunio. Había aspirado a la felicidad, eso está claro. Le tocó el infortunio. O sea que tuvo y aceptó la vivencia de que a partir de cierto momento la vida se desarrollará como debajo de una lápida, sin ocasión de removerla o de quebrarla, y que la única salida será el desastre.

Está el infortunio de los otros, se dice Tommaso. ¿No es peor que el propio? En aquel patio levanta la mirada y ve las estrellas. Sabe que son escasas si se las compara con las gentes. Y escasísimas si se las compara con el infortunio de las gentes.

Hay dos niños en la casa, hijos de su compañera. El menor, que tiene los ojos como cristal, oye desde su cama los pasos suaves de Tommaso en el patio, ambas tristezas comunicantes. Oye también cómo duerme su hermano. Oye lo peor, aquella tos.

¿Y qué de la felicidad?

El niño la había percibido como una fiesta. Su madre separada, libre. Los maniquíes de costura recibiendo la luz de la ventana. Tommaso que llegaba resplandeciente al terminar el día, con paquetes de golosinas o de comestibles, y había un ramo de flores sobre la mesa. La felicidad. Su madre esbelta, de vestido blanco, los ojos transparentes y el pelo de seda negra (le gustaba el perfume que se llama *Mille Fleurs,* una canzonetta que se llama *Vivere*). ¿Dónde ella, que salía de los más desastrados inmigrantes, había aprendido lo que es una sinfonía para explicarlo con tan concisa precisión a su hijo? ¿Y su elegancia, la severidad con que exigía buenos modales?

Su severidad. Bien mirado fue demasiado severa con su hijo menor y demasiado severa con Tommaso. Cuando se enojaba podía pasar una semana sin hablar. Ni una palabra. Se comía en silencio, orejas gachas, almas gachas. Meses sin hacer el amor. Tommaso suspiraba pensando, en el patio.

Hay que reconocer que aquella otra mujer o tigre de Bengala que había engrosado un poco y llevaba la hermosura y la sensualidad como aureolas, Eleonora, nunca le dijo: «Si me hubieras hecho caso...».

Ella juzgó desafortunada la pasión de Tommaso por esa joven madre y lo envió a trabajar con una frontera y el Río de la Plata de por medio. Tommaso era dócil. Pero cuando volvió de aquella imprenta de Montevideo fue a buscar a su amada, encogió los hombros ante las opiniones de Eleonora y se fue a vivir con ella.

En seguida se desplomó la lápida. Y no pudo escapar. El infortunio lo había cazado. (El niño oyó que la madre lloraba —¡ella, la inalterable!—: había tosido, había sangre en su pañuelo. A los siete años vio que la muerte entraba en la casa y que la única salida sería el desastre).

Respecto de la felicidad ¿qué?

Ella también había aspirado a la felicidad, por supuesto. Se llamaba Celia. Existe una foto en que su boca se entreabre como si estuviera tratando de oír una palabra. De modo que puso la imagen de la Virgen vuelta de espaldas sobre su mesa de noche. Y así la mantuvo, en penitencia.

¿Cuál de ellos no aspiró al reluciente número de lotería de la felicidad? ¿Cuál de nosotros?

Pensemos en Bernardo durante las tardes en que, sin decir palabra, jugaba al ajedrez en casa de Tommaso. Su novia acababa de morir.

Bernardo tenía la cara contraída, quieta. El niño veía los perfiles inclinados sobre las piezas. Al caer la noche lo veía partir, oía arrancar el automóvil. Supo al crecer que en aquel tiempo Bernardo, borracho, corría por la ciudad procurando matar gente con su auto.

Después se apaciguó. Su cara pasó de la extrema contracción a la calma. (Tenía un mechón claro cepillado a través de la frente, como un actor de cine). Era dirigente en el sindicato de gráficos. Así como Tommaso vio su vida debajo de aquel peso en forma de lápida es posible que en esos días Bernardo creyera descubrir una cualidad del universo y que la adoptara para sí. Porque nunca más ayudó a nadie. No fue injusto, pero sí inapelable.

Qué año de catástrofe para Tommaso, si uno se pone a pensar. Tiene que haber sentido que se cerraban trampas dentro y fuera. Dentro de casa el adiós a los besos, a las sonrisas. Todo se hizo silencio, rigor. Fuera, la policía con rumor de cascadas pasaba a caballo. Sus compañeros salían de la cárcel reducidos a sombras, sin pulmones, sin sexo. Noche para Tommaso dentro y fuera de casa.

Luego el niño oyó un ruido que nunca había oído, se deslizó a mirar por la abertura de la cortina que dividía la sala en dos. Vio a Tommaso echado sobre la cama, sollozando. Su héroe había sido fusilado.

Eran tiempos en que los pobres pasaban necesidad. La linotipo daba trabajo un día, otro no. El niño oyó que su madre preguntaba a Tommaso:

—¿Qué vamos a comer mañana?

Tenía una dicción que dibujaba las palabras en el aire con un trazo fino. La frase quedó allí.

—¿Qué vamos a comer mañana?

El niño y su hermano tenían trajes iguales, gorritas inglesas de franela gris. Los vestía su padre, que era almacenero y gustaba de fotografiarse con ellos sentados sobre las rodillas, una balaustrada como fondo. Los domingos salían a pasear.

Pues Celia, aquella fluida belleza que era la madre de los niños, había levantado el espejo que la Bella levanta cuando se ha cumplido un ciclo. Y su marido, viéndose reflejado... No hay dolor que se compare a ese. Ni furor.

Así, en aquel barrio en que el niño iba de compras sucedía que otros jugaban en la vereda. Y él hacía desvíos para no cruzarlos pues pobre como ellos vestía ropas que los hubieran hecho sentir harapientos.

En cama, la madre indicaba con su voz de inflexiones corteses cómo se disponen el inflamable, el papel, las tablillas, el carbón, cómo se cortan la carne y las patatas para aquella comida que se llama con humor Ropa Vieja, y que se hace de sobras. ¿Y no pasaba los domingos en penitencia?

Se las buscaba, sí. Era violento, un huracán. Descabezó las plantas del patio, todas las plantas de ella, con un palo.

Yo le doy la razón. Pues él amaba todas y cada cosa de un amor que lo consumía, y a ella como a nadie. Y ella en su castillo distribuía equidad, y en el caso del hijo mayor, blandura, permisos.

¿Y yo? clamaba el corazón en llamas ¿y yo?

Equidad, cortesía, justicia. Penitencias.

Tommaso proveía la ternura. Pongo por ejemplo aquel terror nocturno que Frankenstein dejó en el niño para siempre. Se atrevía a cruzar la sala, a colarse allí donde sonaba aquella tos, a meterse junto a Tommaso en una de las camas de bronce. Cantaba el gallo y Tommaso lo sacudía, tan temeroso como él, no fuera a despertar ella, y con una mirada...

También de Tommaso y de los suyos venía la esperanza.

Es esa esperanza difícil de discernir que trae la exquisitez.

La brisa de la exquisitez llegaba con ellos a aquella casa en que reptaban otras dos figuras, una abuela campesina sin entrañas, una tía manca. Y dentro de casa, el equivalente, la réplica exacta de aquella exquisitez era Celia.

Eleonora y ella se trataban con la consideración de dos primas donnas que no compiten, soprano y mezzo.

Sí, la esperanza. Observando fumar a Eleonora, en un gesto de su labio al tomar el cigarrillo, en su aspiración, el niño paladeaba las voluptuosidades de la vida. Había una promesa, entonces… Tal vez de felicidad.

Encarcelado iba por aquel barrio de anchura, casas bajas, desierto. Encarcelado, culpable —pues no merecía amor—; desesperado. Y qué era ese lugar de extraños, esas calles, ese continente. Él solo conocía a extranjeros. Era un extranjero. «Tengo que salir de acá» se decía con una violencia de quebrarse los huesos. Se refería al barrio, a la casa, al dolor.

Pero si Eleonora fumaba de esa forma, si la hija de Graziella llevaba ese sombrero con una cinta lila, había una promesa.

En su habitación, a los diez años, un libro de física le dijo «todo sobre todo». Tenía iluminaciones que lo dejaban temblando. Planeaba por aquel aire y supo que su inteligencia veía como el águila, desde arriba, y además el detalle que no ve nadie.

¿Cómo se relaciona esa mirada con la felicidad o el infortunio, con la doble promesa de la vida?

De qué hablarían, Celia lavaba los platos, el niño los secaba, aquel día que dijo con tanto arrebato:

—¡Pero a mí me interesa solamente la tragedia!

Ella lo miró, luego sonrió:

—Ya vas a entender.

Pero no entendió. No quiso.

No entendió el infortunio a la manera mansa de Tommaso, despectiva de Graziella, feroz de Bernardo, irónica de Ludovico. Ni siquiera a la manera majestuosa de Eleonora, o a la manera hierática de Celia. Lo concibió como un torbellino. Fue poeta, pero eso es otra cosa.

Pasaron años antes que viera reunidos de nuevo a los hermanos.

Fue una vez más en un hospital. Bernardo había muerto. Graziella peinaba hacia atrás su pelo gris. Vio algunos jóvenes. Despedían a Tommaso.

Hay un epílogo.

VI. La rosa

En el living de un departamento de suburbio vi un televisor, carpetas de plástico, parecía la casa de Minnie Mouse. Pero estaba en la pared aquel retrato. «Es abuelita» dijo la muchacha. Quedó claro —no para ella— que las palabras poco manejan que concuerde con la verdad.

Era el más pequeño de los retratos que Andrei viera en la casa de los balcones. Una aguada de perfil, un sombrero color perla con un velo subido.

Tommaso ya no vivía. Sobre una mesa había revistas, un titular en letras amarillas: «¿Sabía usted que hubo un emperador de la Patagonia?». Silencios en la conversación.

—Mi papá compró el departamento con un crédito del sindicato. Sí, jugaba al ajedrez. Mi novio acaba de inaugurar una confitería en la avenida Justo.

Solo la belleza nínfea, acuática, de la muchacha de cabellera a la rodilla expresaba el tema. Tenía los ojos muy azules, y los abre al hablar.

Allí vi el último pétalo de la rosa que se deshoja sin pausa en ese viento que otros llaman tiempo.

Índice

Este libro de Sara Gallardo se compuso en Arno Pro.
La tapa se imprimió sobre papel estucado mate
de 300 gramos y el interior sobre papel Coral Book
Ivory de 80 gramos.

La rosa en el viento se terminó de imprimir
en marzo de 2025 en Kadmos, Salamanca, España.